LE FRONT RUSSE

Né à Bordeaux en 1970, Jean-Claude Lalumière a d'abord écrit des fictions pour les Ateliers de création de Radio-France avant de publier *Le Front russe*. Plusieurs fois primé, ce livre a notamment reçu le prix Jeune Mousquetaire du premier roman en 2011.

JEAN-CLAUDE LALUMIÈRE

Le Front russe

LE DILETTANTE

ISBN : 978-2-253-16011-3 – 1re publication LGF

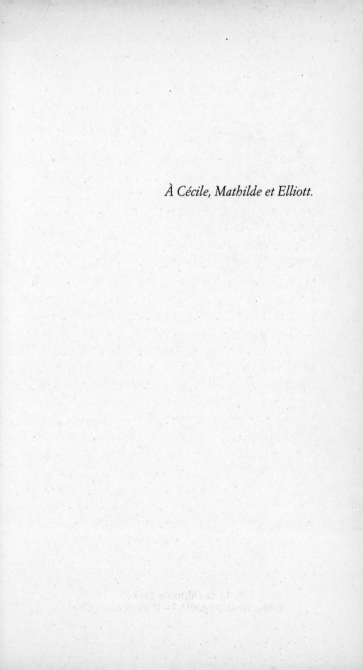

À Cécile, Mathilde et Elliott.

Chapitre I

Enfant, je pouvais passer des heures à regarder le papier peint. Les murs du séjour de la maison de mes parents, recouverts d'un motif végétal rococo postmoderne *Vénilia – collection 1972*, produisaient des monstres du meilleur effet sur mon esprit si facilement impressionnable ; j'avais tout juste huit ans. Je m'installais sur le canapé en velours marron, fixais mon regard à mi-chemin entre le sofa et le mur et attendais patiemment que les formes au-delà du point flottant dans l'espace sur lequel je me concentrais prissent peu à peu l'aspect de la face grimaçante d'une créature de l'enfer : les fleurs de lys fournissaient les oreilles et les cornes, les feuilles d'acanthe, une gueule hurlante, langue pendante, deux tiges entrelacées, de chèvrefeuille ou de passiflore, filaient vers le haut et formaient au sommet une coiffure serpentine ; au passage deux feuilles disposées de façon symétrique dans le motif dotaient ce monstre de petits yeux sournois et hypnotiques dans lesquels je finissais par être happé. La peur de ne pouvoir me libérer de son emprise me saisissait alors et je m'éveillais. Ainsi se terminait ma fantasmagorie, quand elle avait pu aller jusqu'au bout, car la plupart du temps ma mère déboulait dans le séjour et, me trouvant ainsi, assis avec l'air de m'ennuyer, me proposait de regarder les dessins animés. Je tentais de rester concentré sur mon exercice, en vain, car elle allumait le téléviseur sans attendre ma réponse et me tirait brutalement de ma rêverie. Je filais dans ma chambre pour être tranquille, fuyais la présence de ma mère qui trop souvent brisait mes tentatives d'évasion.

Ma chambre était toujours bien ordonnée. C'était la volonté de mon père. Ma mère, prompte à soutenir ses positions, veillait à ce qu'il en fût ainsi. Je n'étais pas un adepte du rangement ; à huit ans, me direz-vous, rares sont les enfants qui ont développé cette propension à l'ordre. Mais, en bonne ménagère, ma mère n'hésitait pas à pallier mes insuffisances en la matière. Nous gardions tous deux en mémoire, car sans doute avions-nous perdu une partie de nos capacités auditives à l'occasion, le cri de douleur que mon père avait poussé lorsque, un soir, il était venu m'embrasser au lit. Je le vois encore, éclairé par la faible lumière de la veilleuse installée sur la table de nuit, dans son pyjama à rayures bleues et blanches ; il sautait sur place en tenant à deux mains son pied meurtri, comme si la manœuvre avait pu atténuer la souffrance provoquée par la pièce de Lego sur laquelle il venait de marcher. Ses hurlements s'intensifièrent lorsqu'au troisième sautillement, le pied épargné atterrit, après une légère dérive, sur la chevelure retournée d'un Playmobil que j'avais réussi à décrocher du crâne de son propriétaire en usant de mes dents comme de tenailles. Je voulais reproduire les aventures des *Sept Mercenaires*, western que j'avais vu à la télévision dans « La Dernière Séance ». Ce Playmobil, vous l'aurez deviné, représentait Yul Brynner qui tenait le rôle du leader de la célèbre bande de cow-boys. Ma mère dut intervenir pour procéder à l'extraction de la petite perruque en plastique dont les bords pointus avaient pénétré les chairs tendres tandis que mon père énumérait de façon quasi exhaustive les jurons de son répertoire. Certains étaient nouveaux pour moi, et je le soup-çonnai d'ailleurs de les avoir inventés pour l'occa-sion. À la suite de cet incident, je gagnai une aura éphémère dans la cour de l'école en livrant à mes camarades les grossièretés venues enrichir mon vocabulaire ce soir-là. Mon père, pour sa part, boi-tilla pendant quelques jours et développa une aver-sion profonde pour le désordre, une obsession dont le principal objet était ma chambre. Celle-ci évoqua dès lors un arrêt sur image des derniers instants de la scène durant laquelle Mary Poppins exerce ses dons magiques pour le rangement. Je devais cepen-dant me coller moi-même à la tâche selon les injonctions solidaires de mes parents qui me répé-taient à l'envi : « Chaque objet a sa place, et à chaque place correspond un objet. » Ils auraient dû

11

graver cette devise au fronton de notre demeure. À défaut, ils l'imprimèrent en moi.

Réfugié dans ma chambre après avoir été délogé du canapé, je me plongeais dans la lecture de quelques *Géo* que mon oncle Bertrand m'avait donnés, et grâce auxquels je voyageais aux quatre coins de la planète. Je n'avais que cinq numéros de ce précieux magazine et je les connaissais par cœur, de la grande barrière de corail du numéro 9 aux gorges d'Humahuaca du numéro 17. Pendant longtemps – quelques mois en réalité, mais lorsque l'on a huit ans le temps est une mesure encore très abstraite – je crus que le monde se résumait à la trentaine de paysages décrits dans ces cinq exemplaires. Cette croyance fut mise à bas par un autre cadeau de l'oncle Bertrand qui, au regard de mon enthousiasme lorsqu'il m'avait donné ses vieux *Géo*, débarqua un jour à la maison avec un atlas. Je découvris alors qu'il existait d'autres contrées, d'autres pays dont je n'avais jamais lu ni même entendu les noms. Je parcourais les cartes une à une, en étudiais les reliefs, suivais de l'index le tracé des côtes, apprenais les noms qui y figuraient. Leurs consonances exotiques me faisaient rêver : Saskatchewan, Kuala Lumpur, Addis-Abeba, Mozambique… Dès lors, je voulus découvrir ce vaste monde en vrai, sans le filtre du papier glacé, des paysages si souvent observés dans *Géo* à ceux que j'imaginais d'après les commentaires des cartes de l'atlas de l'oncle Bertrand. Je me voyais en explorateur conduisant avec autorité une colonne de porteurs chargés de caisses dans lesquelles se trouvaient mes jouets préférés que je déballais le soir au campement. Quand le moment de dormir était venu, je les abandonnais à même le sol au pied de mon lit de camp. Personne ne venait m'enjoindre de les remettre dans leur coffre. J'étais le chef de cette caravane et décidais seul de ce qu'il était bon de faire ou pas. De temps en temps, j'envoyais à mes parents une carte postale afin qu'ils fussent informés de ma progression. Je ne leur dévoilais cependant jamais les étapes à venir de crainte de les voir s'inviter dans mon expédition et d'en régenter l'organisation.

À l'inverse du reste de la maison, les murs de ma chambre n'étaient pas recouverts d'une tapisserie capable de rivaliser avec le test de Rorschach mais simplement peints en bleu, d'un bleu azur qui, malgré son uniformité, fournissait, dans cette pièce aux peluches alignées sur leurs étagères, aux jeux remisés dans leur boîte, un appui solide à l'évasion. Ce choix relevait sans aucun doute d'un certain conformisme de la part de mes parents. J'étais un garçon. Je n'ai pas eu de sœur pour vérifier cette théorie, une sœur qui j'imagine aurait eu droit à des murs peints en rose, mais je crois pouvoir affirmer que si mes parents avaient peint les murs en fonction de leurs goûts, ils auraient choisi la couleur marron, ou l'une de ses nuances infimes, qui du séjour à la cuisine en passant par la salle de bains était partout présente. Aujourd'hui, grâce à ce conformisme et à cette chambre bleue, je peux fournir à la question « Comment était votre enfance ? » une réponse plus élaborée que « marron », que j'utilise plutôt pour définir mes parents et leur environnement, parfaitement en accord avec leur époque, les années soixante-dix.

Bien sûr quand je dis répondre à la question « Comment était votre enfance ? », c'est là une façon de parler, un procédé rhétorique, car à vrai dire personne ne me demande jamais de quoi étaient faites mes jeunes années. J'ai une vie plutôt solitaire. Ce qui provoque chez moi ce voyage dans le temps, vers cet épisode récurrent de la méditation tapissière, c'est, hélas, l'absence de motifs sur les murs de mon présent.

Adulte, je passe le plus clair de mon temps dans un bureau dont les murs sont blancs, d'un blanc qui favorise l'introspection mais qui n'offre guère d'étayage à la construction de mondes imaginaires ou à l'évocation de paysages réels vers lesquels, enfant, je m'évadais volontiers. Mais dans ces contrées lointaines, ces forêts mystérieuses, ces fleuves alanguis, ces mers démontées, dans ces soleils levants sur ma carrière aujourd'hui avortée, qu'y avait-il de solide, de consistant ? Qu'y avait-il d'autre qu'une chimère propre à tuer le temps, sans autre forme d'ambition que celle de tromper mon ennui ? Et que ne sus-je, au moment opportun, transformer cette imagination, ce rêve d'autre part, en une aspiration plus grande, en un terreau plus fertile. L'ailleurs était prometteur, comme pouvait

14

l'être le *demain*, celui que mes parents invoquaient quand ils ne voulaient pas répondre à mes demandes, reportant, par manque de temps ou par une procrastination cruelle, le contentement de leur chère tête blonde. *Demain, promis.* Je voyais mon père surtout le week-end. Son travail était tout pour lui. « C'est très important d'avoir un bon travail » disait-il d'ailleurs souvent. Ce que ma mère confirmait chaque fois : « Écoute ton père, il a raison. » Tel un chevalier affrontant les feux croisés d'un dragon à deux têtes, assis à la table de la cuisine, j'avalais mon assiette de purée-jambon et les discours de mon père sur le travail, grâce auquel il avait gravi quelques degrés sur l'échelle sociale. Il voyait dans ses prérogatives professionnelles la possibilité de s'accomplir. Chaque contrat d'assurance-vie conclu le hissait un peu plus haut. Mais avec les premiers effets de la crise économique, convaincre les clients se révélait plus difficile. « C'est à cause des chocs pétroliers » expliquait-il. J'imaginais la collision de deux navires au milieu de l'Atlantique sans comprendre pourquoi les remous provoqués par l'événement contrariaient son entreprise. Combien de fois était-il venu m'embrasser alors que je dormais déjà ? Combien de fois avant qu'une brique de Lego oubliée sur la moquette ne me révélât cette habitude et fît qu'il y renonça ? Le week-end, je le sollicitais pour construire des châteaux forts, reproduire des batailles, imaginer des aventures dans des paysages impossibles, montagne figurée par un tas d'oreillers, canyons creusés entre deux piles de livres. Mais il y avait toujours des courses à faire, une pelouse à tondre, une haie à tailler. Pas plus le week-end avec mon père que lorsque je me trouvais seul avec ma mère, je ne pouvais compter sur eux pour jouer. Le samedi, on me disait « demain », le dimanche, on me disait « plus tard », et durant la semaine, ma mère me renvoyait au week-end suivant, quand mon père serait là. La présence d'un frère aurait bien entendu résolu le problème. Je finis un beau jour par ne plus envisager que l'ailleurs, par en faire un but, mais les discours de mon père sur la prévalence du travail avaient fini par me pénétrer et je n'étais capable d'envisager mes départs qu'à l'aune de ses préconisations. Alors quand la possibilité de voyager a disparu de mon univers professionnel, je me suis retrouvé face à un vide immense.

Je travaille au ministère des Affaires étrangères. Mon activité professionnelle, pour laquelle je m'étais pourtant enthousiasmé à mes débuts, ne parvient plus à m'émouvoir. Je suis entré au ministère il y a cinq ans avec l'envie de parcourir le monde. Bien entendu, ce n'est pas ce que j'ai dit lors de la « discussion avec le jury », épreuve du concours dont l'objectif est de « mettre en évidence les motivations du candidat, de révéler sa personnalité et de vérifier son aptitude à remplir les fonctions auxquelles il est destiné ». Lors de cet entretien plutôt impressionnant – face à vous se trouvent cinq personnes dont l'aménité est comparable à celle d'une compagnie de CRS qui s'apprête à évacuer un squat –, j'ai parlé de mon goût pour le service public, de ma volonté d'œuvrer pour l'intérêt général, pour le rayonnement de la France à l'échelle internationale. Je récitai d'une voix peu assurée cet argumentaire sans relief, construit à la suite de mes lectures des fascicules officiels présentant les missions du ministère des Affaires étrangères et des témoignages de candidats ayant passé l'épreuve sans succès que j'avais croisés lors des préparations aux concours administratifs dispensées par le service « accès à l'emploi » de l'université. Je pris soin cependant de ne pas tomber dans l'excès, et si je fis montre d'une certaine conscience du rôle éminemment important d'un fonctionnaire en position diplomatique – il est le représentant de l'État jusque dans les provinces les plus reculées de la planète, jusque dans des endroits où les habitants se soucient de la République française comme de leur premier étui pénien –, je mesurai mes propos car je gardais à l'esprit que les fonctions auxquelles je serais assigné, si j'obtenais l'un des quatre-vingts postes accessibles par le concours d'attaché d'administration du ministère des Affaires étrangères cette année-là, seraient celles d'un gratte-papier au service des visas d'une ambassade dans le meilleur des cas, d'un consulat si je sortais mal classé.

Je maîtrisai l'exercice, il faut le croire, mais sans éclat. Je ne brillai ni par mon originalité, ni par mes connaissances. Et je reçus un onze, ce qui correspond à la note attribuée au candidat dont le jury pense qu'il pourra convenir, s'il n'en vient pas de meilleur avant la fin des épreuves. Cette note me plaça à la frontière de l'échec, du bon côté, certes, mais, soixante-dix-huitième sur quatre-vingts. Je dus attendre que les autres lauréats, classés au mérite et donc devant moi, eussent choisi leur affectation avant de pouvoir à mon tour parcourir la liste des postes vacants et découvrir les lieux possibles de mes premiers pas dans la diplomatie. Inutile de vous décrire l'état d'excitation dans lequel je me trouvais entre la réception du courrier annonçant ma réussite au concours et l'arrivée dans ma boîte aux lettres de celui conte-nant la liste des postes auxquels je pouvais pré-tendre. Je passais mes journées à imaginer les desti-nations vers lesquelles j'allais m'envoler. L'Orient me tentait beaucoup : Samarcande, Tachkent ou même Oulan-Bator, tous ces noms que j'avais lus sur l'atlas de l'oncle Bertrand et qui depuis des années nourrissaient mes rêves. Je me voyais sur les marchés de ces villes de légende qui jalonnent les grandes routes commerciales, de la soie ou du thé, négociant des antiquités orientales précieuses au prix d'un kilo de pommes de terre en France et constituant, au fil des ans et de ma carrière, une magnifique collection d'objets d'art récoltés à travers le monde. L'Amérique latine ne me lais-sait pas indifférent non plus. Du Rio Grande à la Terre de Feu, il y avait mille merveilles à décou-vrir : les ruines des temples aztèques (*Géo* n° 24), la cordillère des Andes (*Géo* n° 38 – je ne pouvais me contenter des cinq numéros fournis par l'oncle Bertrand et j'achetais régulièrement, dès que je le pus, les nouvelles parutions du magazine), la jungle amazonienne (*Géo* n° 42, puis de nouveau dans le n° 98), les plaines de la Pampa (*Géo* n° 54), les paysages déchirés du détroit de Magellan (*Géo* n° 41 et *National Géographic* n° 312 – je disposais par la suite de mes propres sources). Inutile encore de vous décrire ma déception lorsque me parvint le courrier du ministère sur lequel ne figuraient que des postes en administration centrale, à Paris, au Quai d'Orsay, dans le VIIe arrondissement. Mes rêves de voyages se dégonflèrent comme les coussins d'air d'un naviplane resté à quai. Je n'avais pour choix que celui du service dans lequel je serais affecté. Le mirage vers lequel je me précipitais s'évaporait. Je tentai de le maintenir, fis défiler dans ma tête les milliers de paysages engrangés au fil des pages de mes magazines. Au contraire, la manœuvre précipita la disparition de ces images trompeuses qui ne résistent pas à l'abolition de la distance. Une à une, elles s'éteignaient, malgré mes efforts pour en préserver les contours, les couleurs. Une main malintentionnée semblait décrocher chacun des posters qui ornaient les murs de ma chambre d'enfant et décoller méticuleusement, jusqu'à la dernière petite parcelle, les papiers peints qui éveillaient mon imagination. Tout m'apparaissait fini, terminé, achevé, consommé, tari, rompu, réglé, conclu, avant même d'avoir commencé.

Une fois dissipées les dernières vapeurs du dépit de n'avoir pu m'envoler vers les contrées lointaines dont je rêvais depuis tant d'années, ayant à tort confondu le Quai d'Orsay avec un quai d'embarquement, je montai à Paris avec la ferme intention d'utiliser ce premier poste comme un tremplin dans ma carrière qui me propulserait, après usage des influences que j'allais me constituer dans les couloirs du ministère, vers un poste prisé dans une ambassade prestigieuse, non sans avoir au passage bénéficié d'une promotion au choix au grade supérieur grâce à l'appui de ma hiérarchie qui, en signe de reconnaissance pour l'extrême diligence avec laquelle j'aurais accompli mes travaux, lesquels auront permis à cette même hiérarchie de constater que c'était un gâchis pour la diplomatie française que de me laisser stagner dans des fonctions subalternes, souhaiterait porter sur la première marche de l'escalier menant au panthéon des diplomates l'exemplaire fonctionnaire que je suis. Mais une étape après l'autre.

J'optai pour le bureau des missions – à défaut de visiter les pays, au moins en entendrais-je parler –, et je me rendis sans entrain à la gare SNCF pour acheter le billet de TGV qui devait me permettre de rallier Paris une semaine avant le 1er septembre, date officielle de ma prise de fonctions. Ces quelques jours, durant lesquels je logeais dans un hôtel, devaient me permettre de trouver un appartement.

Pour mon départ, ma mère m'offrit un attaché-case en cuir noir des plus rigides, agrémenté d'une armature métallique dorée et doté d'un système de fermeture sécurisé à code chiffré. Sans doute avait-elle entendu parler de *la valise diplomatique*, et sans doute était-ce ainsi qu'elle se l'imaginait. Moi, elle me rappelait la mallette du représentant de commerce, celle dont mon père était équipé, un objet parfait pour bloquer la porte des clients récalcitrants ou se prémunir des attaques surprises de chiens méchants, et je me demandais si j'allais pouvoir raisonnablement utiliser cet accessoire. Ma mère aurait pu se contenter de ce présent incommode, mais, comme si celui-ci n'était pas une démonstration suffisante de la capacité de mes parents à générer des entraves, elle crut bon d'ajouter à l'épreuve de mon départ un discours pathétique qui débuta ainsi :

— J'ai tellement redouté cet instant, que je l'ai enfoui en moi, au plus profond. J'ai même fini par croire qu'il ne viendrait jamais.

Je tentai de la rassurer et lui rappelai le lien inaltérable qui nous unissait mais cela ne suffit pas.

— Sais-tu, reprit-elle, que certains enfants ne quittent jamais le domicile parental ?

Ma mère tentait d'éveiller ma mauvaise conscience mais ce départ était une joie trop grande pour qu'une once de culpabilité pût, en ce jour, naître en moi. Je rappelai à ma mère que Paris n'était qu'à trois heures de train de Bordeaux, l'assurai que je reviendrais le plus souvent possible, mais rien ne semblait apaiser son chagrin. Sans doute la présence d'un frère cadet aurait-elle atténué les effets de mon départ. Mais, encore une fois, j'étais enfant unique, et il me revenait la lourde responsabilité d'être celui qui livre ses parents à leur vieillesse. Dans l'espoir de la réconforter, je lui dis qu'elle serait dans mes voyages comme un phare à partir duquel j'orienterais ma route.

— Jusqu'au jour où tu seras trop loin pour me voir, lâcha-t-elle dans un soupir.

Mon père vint heureusement interrompre la scène, qui prenait des airs de tragédie, avant qu'elle ne virât au grotesque larmoyant – mon train partait bientôt. Lui semblait plutôt satisfait de me voir enfin pénétrer dans l'âge adulte. Tandis que nous roulions tous les trois en direction de la gare, il exprima le souhait de libérer le garage au plus vite des meubles que j'y avais entreposés dans l'attente d'un appartement à Paris. Il y avait là le canapé convertible de velours marron sur lequel j'avais passé de longues heures de méditation durant mon enfance, un petit réfrigérateur, un vieux téléviseur portatif, une petite armoire, une table de cuisine en Formica jaune et ses deux chaises assorties récupérées chez ma grand-mère.

Sur le quai, ma mère me serra de nouveau dans ses bras comme sans doute elle l'avait vu dans des feuilletons américains. « Fais attention à toi » répétait-elle. Je me sentais à la fois tel Ulysse quittant la base de Troie sous les injonctions à la prudence de Priam, et tel Télémaque, emporté par la lumière du Cyclope. Tandis que ma mère se lamentait sur mon départ, et sur mon épaule, je me remémorai le dessin animé *Ulysse 31* dont le générique de fin donnait chaque soir le signal du brossage des dents. Paris était-il le Cyclope qu'il me fallait vaincre si je voulais poursuivre ce voyage ? Mon père, qui affichait un sourire inaltérable, agacé par les manifestations exagérées du chagrin de ma mère, lui dit qu'elle devrait plutôt se réjouir de me savoir sorti d'affaire. Obtenir un travail était ce qu'il y avait de plus important. Que ce travail s'exerçât à Paris dans une administration lui conférait plus de valeur encore.

— Bon, commença-t-il, pressé d'écourter les effusions maternelles, dès que tu as trouvé un appartement, tu nous appelles. Je louerai une camionnette et je viendrai te livrer les meubles. Essaye de faire vite. Je n'aime pas que ma voiture dorme dehors, tu le sais bien.

Cette éventualité le tourmentait davantage que l'affliction de ma mère.

Lorsque le train s'ébranla, j'agitai une main en signe d'au revoir. Malgré l'appréhension que j'éprouvais à l'idée de cette nouvelle vie, je me sentais libéré. Et l'hydre à deux têtes, l'une qui souriait, l'autre qui pleurait, m'apparaissait soudain bien inoffensive. J'ignorais que la distance n'empêcherait en rien son ingérence. Le grain de sable était déjà dans le mécanisme que j'avais patiemment assemblé durant des années, depuis l'instant où la vie dont je rêvais avait pris forme dans mon imagination enfantine jusqu'au bouclage de ma valise la veille de mon départ.

Chapitre II

Le 1er septembre tombait un vendredi. J'allais donc commencer ma carrière par un départ en week-end. Je trouvais cela bizarre, antinomique. On ne devrait jamais convoquer un jeune fonctionnaire un vendredi. Cela lui donne l'impression de débuter par la fin, de s'engager à l'envers. De plus, j'avais lu dans un magazine que le fameux *Friday Wear* des Anglo-Saxons commençait à faire des adeptes en France et qu'il était de plus en plus fréquent de croiser dans les ascenseurs des grands immeubles du quartier de La Défense de jeunes cadres dynamiques et libérés ayant, ce jour-là, délaissé le complet et la cravate pour une tenue plus décontractée. Du coup, je ne savais pas trop si je devais choisir parmi mes deux nouveaux costumes, l'un gris, l'autre bleu marine, avec ou sans cravate, ou me contenter d'un simple pantalon de toile beige et d'un polo par-dessus lequel je prévoyais d'enfiler une veste en lin mieux adaptée à la saison. C'était mon premier jour. Chacun sait que l'impression que l'on donne alors persiste, qu'elle est parfois définitive. Deux options s'offraient à moi : paraître tiré à quatre épingles dans un costume strict ou donner l'image décontractée d'un type au fait des dernières tendances de la mode. Le dilemme était de taille. La question occupa mes pensées durant les trois derniers jours et troubla même mon sommeil. Au matin du 1er septembre, debout devant mon canapé sur lequel j'avais étalé les trois tenues possibles pour ma prise de fonctions, je pesais, en slip et en chaussettes, une tasse de café fumant dans la main, les avantages et les inconvénients de chacune des panoplies et imaginais les attitudes qu'il conviendrait d'adopter en saluant mes supérieurs hiérarchiques selon que j'aurais choisi l'une ou l'autre. Toutes semblaient convenir à l'occasion. Restait à savoir si je voulais être ce jeune homme à l'air sérieux à qui l'on peut confier la résolution de problèmes complexes ou ce type relax et nonchalant susceptible de dominer les situations requérant un grand sang-froid. Tout cela prenait des allures de rentrée des classes. Sauf qu'à l'époque où j'étais scolarisé, ma mère gérait ce genre de problèmes. Chaque année, au début du mois de septembre, elle achetait deux nouvelles tenues, l'une pour le lundi et le mardi, l'autre pour le jeudi et le vendredi, ainsi qu'une paire de chaussures. Le reste du temps, pour « traîner » comme disait ma mère, je portais mes vieux vêtements, souvent trop petits. J'en étais la risée de mes camarades, ce qui m'encourageait à des jeux solitaires quand il n'y avait pas classe.

L'ensemble était complété par un pull pour l'hiver tricoté pendant les premières soirées d'automne, avec la cagoule et l'écharpe assorties. Ma mère, anticipant ma croissance, prévoyait toujours une taille de plus. Si ce détail pouvait être aisément corrigé pour le pull en retournant l'extrémité des manches durant le temps nécessaire à mes bras pour grandir, il n'en était pas de même pour la cagoule qui, elle, flottait autour de ma tête et me plongeait dans l'obscurité chaque fois que je voulais regarder sur les côtés, ce qui pouvait se révéler très dangereux, en particulier lorsqu'il s'agissait de traverser la rue. En conséquence, et pour mon salut, j'appris très vite à tourner l'ensemble du buste afin de pouvoir porter mon regard à droite ou à gauche. Je gardai de cet exercice hivernal une légère rigidité dans les vertèbres cervicales. Encore aujourd'hui, j'ai ce port de cou un peu figé qui me donne parfois l'air de considérer le monde à distance. Qui plus est, par souci d'économie, ma mère choisissait une laine qui n'en était pas, de l'acrylique. Les pulls grattaient à l'encolure et se révélaient inefficaces pour lutter contre le froid. Pour couronner le tout, elle s'inspirait, pour le choix des motifs, de catalogues que lui avait donnés une voisine et qui dataient des années soixante. Je me retrouvais flottant dans des pulls aux jacquards approximatifs – ma mère n'était pas douée pour le tricot – quand mes copains arboraient des *sweat-shirts* à l'effigie de Goldorak ou d'Albator. J'étais toujours à la traîne. Et je l'étais encore en ce 1er septembre. Je ne parvenais pas à me décider. Je finis par m'en remettre au soleil qui, en pénétrant dans mon appartement ce matin-là, darda ses premiers rayons sur le complet bleu marine. Porté sans cravate, il représentait à mes yeux un parfait compromis.

Quelques minutes plus tard, j'étais au pied de l'immeuble où se trouvait ma chambre de bonne, situé sur le boulevard de la Tour-Maubourg, à quelques minutes de marche du ministère des Affaires étrangères.

J'avais choisi de loger dans ce quartier car je voulais consacrer le maximum de mon temps au lancement de ma carrière et souhaitais pour cela arriver tôt et partir tard du bureau comme mon père me l'avait inculqué, ne pas perdre de temps dans les transports en commun. J'occupais cet appartement depuis trois jours. Dès la signature du bail de location, j'avais informé mes parents. Le lendemain, ils avaient débarqué dans un camion de location. Nous avions commencé par décharger le canapé qui, une fois posé dans la chambre de bonne, s'était révélé énorme. Il occupait la moitié de l'espace. Le réfrigérateur était venu se loger face à la cabine de douche, ce qui laissait une ving-taine de centimètres pour accéder à la fenêtre et à la cuvette des toilettes. L'expression « petit coin » prenait ici tout son sens. Un minuscule lavabo lui faisait face. Une plaque électrique et une cafetière disposées sur le réfrigérateur permettaient une transition idéale dans cet espace de deux mètres carrés qui constituait la cuisine-salle de bains-toilettes. S'étaient ajoutées ensuite la table et ses deux chaises, puis l'armoire à droite de la porte d'entrée. Pour terminer, j'avais placé sur cette armoire le téléviseur portatif. Les meubles étaient alignés sur le mur de droite. Je prévoyais l'installation d'une étagère en hauteur sur toute la longueur du mur de gauche. J'étais satisfait du résultat et savourais d'avance la joie de vivre enfin dans mon premier appartement.

Ma mère se demandait comment j'allais pouvoir survivre dans un espace si limité. Il était vrai que la configuration de mon appartement, toute en longueur, très étroite, posait un réel problème. Elle ne permettait pas l'ouverture complète du canapé convertible. Ce premier soir, je laissai à mes parents la chambre d'hôtel dans laquelle j'avais séjourné jusque-là et tentai de trouver le sommeil dans le lit partiellement déplié. Je dus me résoudre à dormir les jambes recroquevillées. Je m'en accommodai dans un premier temps. Puis, jugeant la position trop inconfortable, je couchai sur la banquette fermée. Après quelques semaines, ne supportant plus d'avoir la tête et les pieds coincés par les accoudoirs, j'entrepris une expédition chez Ikea afin de trouver le canapé convertible adapté à mon appartement. Dans le magasin, je demandai au vendeur d'ouvrir chacun des modèles exposés, les mesurai consciencieusement et finis par en trouver un qui répondait à mes besoins, la référence Beddinge dont le système d'ouverture dit *clic-clac* convenait mieux à mon appartement que le système de type BZ de la vieille banquette familiale. L'affaire se jouait à deux centimètres. Dans le magasin, je repérai par ailleurs des dizaines d'articles par lesquels j'avais déjà été conquis lorsque j'avais feuilleté, chez moi, le catalogue de la fameuse enseigne. Je me raisonnai cependant ; l'exiguïté de mon appartement ne m'autorisait aucune excentricité décorative. Je me rabattis sur le rayon « rangement ». Là, le magasin offrait toute une gamme de solutions à mes problèmes d'espace et ainsi me permettait de respecter la devise familiale : « Chaque objet a sa place, et à chaque place correspond un objet. »

Le nouveau convertible et le reste de mes achats me furent livrés quelques jours plus tard. Le vieux sofa en velours marron finit sur le trottoir, dans l'attente de la collecte des monstres, ceux-là mêmes qu'il avait permis d'éveiller dans mon imagination enfantine. Je m'en séparai sans regret. Sa seule présence évoquait une version condensée de la maison de mes parents. Mais l'installation du mobilier neuf, s'il apporta une touche de couleur, n'enleva rien à l'étroitesse de mon intérieur.

En ce premier matin de septembre, je traversais l'esplanade des Invalides avec une boule d'appréhension qui flottait entre mon estomac et ma gorge. Au bout de ma main droite se balançait l'attaché-case offert par ma mère, lourd et pourtant presque vide. Il n'y avait dedans que mon dossier administratif regroupant les pièces demandées par le bureau du personnel du ministère, ma lettre de convocation et un petit agenda en cuir. Il y avait encore de la place pour deux dictionnaires, les noms propres et les noms communs, un casse-croûte, une paire de rollers, un siège pliant et une lampe à gaz avec sa recharge. Ma mère avait vu grand.

Je marchais face au soleil sur les pelouses encore humides de la rosée matinale, prenant garde de ne pas souiller mes chaussures avec les étrons canins abandonnés là par des maîtres inciviques. J'aurais pu entendre chanter les oiseaux si la chaussée n'avait pas été, en ce jour de rentrée générale, encombrée de véhicules. Les automobilistes énervés klaxonnaient à la moindre contrariété. Ce constat m'éloigna quelques minutes du sujet de ma propre anxiété mais il ne pouvait en rien améliorer l'état de mes nerfs. J'angoissais à l'idée de gravir les marches du perron du ministère des Affaires étrangères sur lesquelles j'avais vu si souvent, au journal télévisé, les ministres successifs accueillir les représentants de délégations internationales.

Lorsque j'arrivai devant l'hôtel construit par l'architecte Lacornée au milieu du XIXe siècle, siège du ministère des Affaires étrangères depuis – c'est à cette stabilité de près d'un siècle et demi que l'on doit l'expression courante « Quai d'Orsay » pour désigner le ministère des Affaires étrangères – lorsque j'arrivai, disais-je, la grande grille de l'entrée était fermée. J'interpellai le planton dans sa guérite et lui présentai le courrier que j'avais reçu. Il y jeta un œil rapide :

« Faut faire le tour. Il y a une entrée administrative derrière. C'est au numéro 103 de la rue de l'Université. »

Je repris ma lettre, remerciai le gardien de la paix pour ses indications et rebroussai chemin après un dernier regard dépité au perron majestueux de l'hôtel. Je m'étais imaginé pénétrant par l'entrée principale et j'étais orienté vers l'entrée administrative, pour ne pas dire de service, comme n'importe quel employé anonyme de cette administration, ce que j'étais, je le concède. Je contournai le bâtiment pour me retrouver devant l'immeuble situé à l'adresse indiquée, un immeuble moderne dont la façade était quadrillée d'une armature en béton. Je m'éloignais des salons dorés du second Empire que j'avais pu admirer sur le site internet du ministère pour des installations plus fonctionnelles qui, elles, n'étaient montrées nulle part. Le hall d'accès de l'immeuble était encombré d'une trentaine de personnes qui semblaient s'être toutes rendues dans la même boutique pour acheter leur tenue vestimentaire. Les hommes portaient des complets gris – il y en avait là toutes les nuances, du gris souris au gris anthracite – et les femmes des tailleurs, gris aussi pour la plupart ; quelques-unes étaient en noir, des excentriques à n'en pas douter. Tous ainsi regroupés au milieu du grand hall d'entrée, ils rafraîchirent en moi l'image oubliée d'un crépuscule de novembre sur le plateau picard (*Géo* n° 73 spécial régions de France).

Je m'adressai à l'huissier assis derrière un comptoir en demi-cercle, qui sans doute figurait un sourire de bienvenue, dispensant l'huissier lui-même de toute contraction zygomatique, et lui présentai ma convocation. Il y jeta un coup d'œil encore plus rapide que celui de l'agent de l'entrée principale et me désigna du menton et d'un air absent le groupe brumeux qui attendait derrière moi.

« Faut attendre là, avec les autres. Ils vont venir vous chercher. »

Je repliai mon courrier, le glissai dans la poche intérieure de ma veste et vins me joindre aux autres nouvelles recrues. Je n'étais pas le seul à faire mon entrée au ministère ce jour-là.

Mon costume bleu marine ne dénotait pas trop au milieu de tout ce gris. Je regrettais seulement de ne pas avoir profité de l'espace disponible dans mon attaché-case pour y glisser une cravate. À part les femmes, j'étais le seul à n'en pas porter. Je notai également la taille tout à fait raisonnable des serviettes et autres porte-documents de mes futurs collègues et je maudis ma mère pour ce cadeau. Je ne savais où mettre mon attaché-case qui me semblait grandir au fur et à mesure que je m'approchais des autres. Je décidai de me tenir à la périphérie du groupe en attente et tentai de dissimuler derrière moi cet objet démesuré, mais il dépassait de vingt bons centimètres de chaque côté de mes jambes.

Au bout d'une demi-heure d'attente, deux personnes du bureau du personnel, un homme et une femme, vinrent nous chercher. L'homme se présenta. Il s'appelait monsieur Langlois et dirigeait le bureau chargé de nous accueillir. Comme je me trouvais en retrait du groupe, ne me parvinrent que des fragments de son discours (*bienvenue, dossier administratif, directeur de cabinet, salon de l'Horloge*), mais ils me suffirent à reconstituer le sens général de sa brève allocution. Nous allions dans un premier temps compléter nos dossiers administratifs puis nous serions dirigés vers le prestigieux salon de l'Horloge – les ors de la République n'étaient pas si loin –, où le directeur de cabinet du ministre, Henri Dejean – j'avais lu son nom sur l'organigramme du ministère –, prononcerait un discours de bienvenue.

Après cet accueil sommaire, monsieur Langlois nous invita à le suivre. La femme, qui était restée silencieuse, assurait le rôle de serre-file, veillant à ce que personne ne se perdît en route. Elle se trouvait à mes côtés et, cherchant sans doute à être chaleureuse avec moi, elle me posa cette question :

— Vous venez de province ?

Je ne savais quoi en déduire. Était-ce parce que j'étais le seul à ne pas porter de cravate ? Mon costume était-il mal coupé ? Avais-je l'air d'un paysan qui se rend à la première communion d'un petit-neveu éloigné ? Je décidai de répondre à sa question par une autre question.

— Qu'est-ce qui vous le fait deviner ?

34

— C'est votre valise, me répondit-elle en désignant mon attaché-case.

Cette fois, je conspuai ma mère et la soupçonnai de m'avoir offert cet encombrant cadeau dans l'unique but d'être présente à travers lui tout au long de ce premier jour. Elle savait que je n'aurais pas eu le cœur de ne pas utiliser son attaché-case. Je savais de mon côté que, lorsqu'elle m'appellerait le soir pour prendre des nouvelles de ma journée, elle glisserait de manière anodine dans la conversation une allusion à l'attaché-case afin de recevoir la confirmation que je l'avais bien pris avec moi.

Nous pénétrâmes dans une grande pièce où étaient alignées des tables et des chaises, et j'eus l'impression de me retrouver dans une salle de classe. Nous fûmes priés de compléter notre dossier administratif. Je récupérai dans mon attaché-case les justificatifs que l'administration nous avait demandé de produire et tentai de le glisser ensuite sous ma chaise afin de le dissimuler un peu. Il ne passait pas. Je dus me résoudre à le laisser dans l'allée près de ma table. Les renseignements demandés étaient ceux qu'il convient de fournir dans ce genre de situations : état civil, numéro de Sécurité sociale, adresse, téléphone, auxquels nous devions joindre la photocopie de notre diplôme le plus élevé, quatre photos d'identité et d'autres pièces encore. Monsieur Langlois nous signala que l'une des photos servirait à établir notre carte de service, laquelle serait barrée d'une oblique bleu-blanc-rouge en haut à droite. Tout en délivrant ces explications, il circulait parmi nous en brandissant sa propre carte de service au-dessus de sa tête afin que tout le monde pût voir de quoi il parlait. Une fille leva la main et demanda si cette carte permettait d'obtenir des réductions dans des magasins ou au cinéma. Le chef du bureau du personnel se contenta pour toute réponse d'un silence consterné. Agacé, il remit sa carte dans son portefeuille et remonta l'allée d'un pas décidé. En passant au niveau de ma table, il disparut soudain comme s'il avait été happé par les abîmes, sans doute le trente-sixième dessous vers lequel l'attirait la remarque de ma collègue. Il y eut un brouhaha, deux personnes se portèrent à son secours et l'aidèrent à se relever. Il se tenait le genou et se frottait le front où déjà une bosse de la taille d'un œuf de pigeon apparaissait.

— Mais qui a laissé cette foutue valise au milieu du passage ? hurla-t-il.

Je bredouillai qu'il s'agissait de mon attaché-case mais il n'écouta pas ma réponse et, après m'avoir lancé un regard plein de haine et de colère, il se dirigea vers sa collaboratrice à qui il demanda de bien vouloir s'occuper de nos dossiers pendant qu'il se rendait à l'infirmerie. J'aurais, à cet instant, cloué ma mère au pilori si elle s'était trouvée là. Et je me promis de balancer cette encombrante monstruosité de cuir et de dorures dans la Seine dès le soir venu.

Les formalités administratives terminées, nous fûmes dirigés vers la résidence du ministre. Nous traversâmes les élégants jardins qui reliaient les deux bâtiments. Nous ne savions toujours pas où se trouvaient nos bureaux dont la localisation devait nous être dévoilée après le discours du directeur de cabinet. Nous pénétrâmes dans le salon de l'Horloge où je me sentis comme un enfant dans un magasin de jouets. Je regardais autour de moi, au-dessus de ma tête, partout les décors étaient d'un raffinement que je n'avais pas souvent eu l'occasion de voir. À Eysines, capitale de la pomme de terre qui se trouve en proche banlieue bordelaise, et dont je suis natif, j'avais plus facilement accès au côté campagnard (poutres apparentes et terre cuite) des maisons des maraîchers ou aux décors édités en série des zones pavillonnaires qu'aux riches ornements du second Empire. Bien sûr, j'avais eu droit à une visite du château de Versailles lorsque j'étais au collège, mais celle-ci s'était déroulée après plusieurs heures de bus éreintantes et au milieu d'une foule de touristes et du crépitement des appareils photo. On avait l'impression qu'une pluie battante venait frapper les miroirs de la fameuse galerie des Glaces, et les flashes portés à l'infini par le jeu des reflets donnaient à l'endroit des allures de boîte de nuit saturée de lumière stroboscopique. Nous n'étions pas dans les conditions propices à l'émerveillement suscité par le château à des heures plus calmes.

Après quelques minutes d'attente, un bruit de Larsen résonna. Un homme, d'une petite estrade aménagée pour l'occasion, prit la parole dans un micro. J'écoutai d'abord avec attention son discours. Il nous parla des missions de notre administration, de la place de la France sur l'échiquier international, de la longue tradition française de la diplomatie, du sacrifice parfois consenti par certains de nos prédécesseurs pour assurer leur rôle. J'avais l'impression d'avoir déjà entendu ces mots. Sans doute me rappelaient-ils ceux que j'avais pu lire dans les fascicules qui m'avaient aidé à préparer l'oral du concours ou sur le site internet du ministère que j'avais plusieurs fois consulté. Je finis par me désintéresser de son allocution pour admirer les détails de la décoration du lieu où nous nous trouvions.

Le discours de bienvenue du *dircab* terminé, monsieur Langlois, qui était revenu de l'infirmerie et qui arborait une bosse encore plus grosse que lorsqu'il nous avait quittés, de la taille d'un œuf de poule à peu près, luisante de l'Arnica dont l'avait tartinée l'infirmière, nous distribua à chacun une note sur laquelle étaient inscrits notre affectation, que nous connaissions déjà, et le lieu où était situé notre bureau – le ministère occupait plusieurs bâtiments dans le quartier des Invalides. Je fus le dernier à découvrir où se trouvait mon futur travail. Langlois me tendit le courrier qui m'était destiné en précisant qu'il y avait eu une petite modification de dernière minute pour ma part. Je parcourus les indications. Langlois attendait ma réaction, un sourire nerveux figé sur le visage. Ce type avait sans doute un emprunt immobilier beaucoup trop élevé au regard de son traitement. Sur ma note était écrit :

Affectation : bureau des pays en voie de création/ section Europe de l'Est et Sibérie.
Localisation : immeuble Austerlitz, 6ᵉ étage, bureau 623 – 8, avenue de France – Paris XIIIᵉ.

— Entre nous, on appelle cette section « le front russe », ajouta-t-il d'un air comblé. Ce sont les seuls bureaux délocalisés dans le XIIIᵉ arrondissement. Personne ne veut y aller. Je ne comprends pas pourquoi d'ailleurs, le XIIIᵉ, c'est plus à l'est que le VIIᵉ, ça rapproche de la Sibérie, c'est plus pratique.

Il tourna les talons sans attendre et me planta au milieu du salon de l'Horloge, satisfait du mauvais tour qu'il venait de me jouer. Mes collègues commençaient à quitter la pièce et se dirigeaient vers leur poste de travail. Je questionnai deux ou trois personnes sans me faire d'illusions ; j'étais bien le seul à être affecté dans le XIIIᵉ. Je demeurai dans le grand salon déserté. Un instant, je me revis dans la salle polyvalente jouxtant le collège, où notre professeur d'EPS nous initiait aux sports collectifs. Les séances débutaient chaque semaine de la même façon. Rassemblés près des tapis de gymnastique empilés qui dégageaient cette étrange odeur, mélange de transpiration et de latex en voie de désagrégation, nous attendions que l'ensemble de la classe fût prêt à commencer. La salle résonnait des éclats de voix amplifiés dans cet espace vide. Quelques champions s'exerçaient déjà avec un ballon subtilisé au professeur pendant que ce dernier procédait à l'appel. Lorsque tout le monde avait quitté les vestiaires et rejoint le groupe, le professeur désignait deux capitaines, lesquels choisissaient à tour de rôle ceux qu'ils souhaitaient voir rejoindre leur équipe. Les deux parties se constituaient peu à peu, leurs membres se congratulant à chaque nouvelle recrue. Invariablement, je me retrouvais parmi les deux derniers, échappant cependant de justesse à la honte d'être l'ultime désigné grâce à l'embonpoint d'un pauvre camarade dont – quelle ingratitude ! – j'ai oublié le nom. Je subissais chaque fois cette épreuve difficile avec résignation et j'attendais mon tour en observant l'entrelacs des différents terrains de sport qui se superposaient sur le sol tels les géoglyphes de Nazca, ces figures dans le désert péruvien qui ne prennent sens que vues d'avion. Je ne savais jamais vraiment sur lequel des terrains il fallait pratiquer. Mais cela n'avait guère d'importance puisque je restais le plus souvent planté dans un coin, mes deux jambes maigres et inutiles s'échappant d'un short en satin noir orné de deux bandes orange sur les côtés quand mes camarades en avaient trois, espérant un ballon que mes coéquipiers ne me passaient pas, sachant que le manque de souplesse de mes épaules, dû au port des cagoules tricotées main, me faisait chaque fois manquer ma prise. Je n'étais d'ailleurs même pas certain d'être dans l'aire de jeu. Les lignes vertes étaient-elles dévolues au basket ? Les bleues au handball ? Les rouges au volley ? Jamais je ne réussis à fixer cela dans ma mémoire, et je me demandais comment le professeur de sport y parvenait. J'aurais pu l'admirer pour cet exploit si seulement il n'avait pas été à l'origine de cette humiliation publique : même les filles étaient choisies avant nous.

Humilié encore en mon premier jour dans la fonction publique, et après un dernier regard aux ornements du salon de l'Horloge, je me dirigeai vers la sortie avec la sensation d'être envoyé au goulag. Avant de quitter le 103 de la rue de l'Université, je m'arrêtai devant le comptoir d'accueil et demandai à l'huissier où se trouvait cette annexe du ministère. Il regarda la feuille que m'avait donnée Langlois :

— On vous envoie sur le front russe ! C'est vache pour un nouveau.

Je n'avais pas envie de discuter de cela avec lui.

— Pouvez-vous simplement me dire où cela se trouve ? insistai-je.

— C'est dans les nouveaux quartiers, juste derrière la gare d'Austerlitz.

— Et quel est le moyen le plus rapide pour se rendre à la gare d'Austerlitz ? demandai-je.

— Pour aller à la gare, le plus rapide, c'est le train !

Il partit alors dans un grand éclat de rire, tout en cherchant autour de lui un témoin de sa bonne blague, mais le hall d'accueil du ministère était calme et dégagé à présent, et personne ne fit écho à son hilarité. Pour ma part, je n'étais pas d'humeur à plaisanter. Un rond-de-cuir atrabilaire venait de contrarier la stratégie que j'avais mise en place depuis des semaines en m'expédiant à plusieurs encablures des couloirs feutrés du Quai d'Orsay, dans *un quartier d'avenir*, comme il est écrit sur les plaquettes publicitaires des promoteurs immobiliers, et qui n'est qu'un vaste chantier bruyant et poussiéreux, coincé entre les voies ferrées d'une gare secondaire et le boulevard périphérique. Mon plan de carrière donnait dans une impasse. Devant mon absence de réaction, l'huissier reprit son sérieux et m'orienta vers la station de RER située sous l'esplanade des Invalides. La ligne C menait directement à Austerlitz, qui ne se trouvait qu'à trois stations. C'était toujours ça.

Chapitre III

Le trajet en RER ne me prenait qu'une ving-
taine de minutes – une perte de temps certes
contrariante mais acceptable. Je l'expliquai à ma
mère lorsque, comme prévu, elle m'appela pour
s'enquérir de ma première journée de travail. Elle
m'apprit qu'une mauvaise surprise avait accueilli
mon père à son retour de vacances. La société
pour laquelle il travaillait rencontrait quelques difficultés et des licenciements étaient annoncés.
Néanmoins, il n'y avait rien à craindre selon elle.
La situation de mon père, qui avait au cours des
années gravi les échelons et qui occupait à présent une position hiérarchique incontournable,
le préservait de ce genre de désagréments. Ces
paroles pleines de certitude ne m'empêchèrent pas
d'éprouver une légère angoisse à l'idée que mon
père pût se retrouver sans emploi.

Par chance, l'immeuble dans lequel était installée la section Europe de l'Est et Sibérie se situait
juste derrière la gare d'Austerlitz. Ainsi, je n'avais
pas à pénétrer trop loin dans ce quartier sans âme,

nouvellement créé, qui se voulait moderne alors qu'il ne faisait que reproduire le quadrillage des urbanistes romains. Tel un Broadway faussement *high-tech* réservé aux affaires, l'avenue de France perçait en une saignée oblique, à la façon haussmannienne, au beau milieu du quartier. Les immeubles qu'on y avait construits jusqu'alors n'avaient rien de remarquable. Ils n'étaient que la répétition de principes architecturaux dictés cinquante ans plus tôt quand l'heure était à l'urgence, à la quantité : structures de béton armé et façades de verre dites « murs-rideaux ». Parfois, quand les maîtres d'ouvrage étaient prêts à payer pour du superflu, les architectes ajoutaient des éléments décoratifs en se félicitant du vent nouveau qu'ils faisaient ainsi souffler sur leur profession : paresoleil extérieur en aluminium brossé, auvent en fibre de carbone imitant l'onde frémissante d'un soir de printemps sur le lac d'Annecy, colonnes en carton ciré d'un classicisme bon marché résistant aux intempéries et symbolisant la démocratisation des attributs architecturaux des classes supérieures voire de l'Ancien Régime, cascade de verdure rappelant au président d'un groupe pétrochimique féru de sports extrêmes sa dernière expédition en Amazonie à l'occasion du Camel Trophy.

Les locaux occupés par la section se trouvaient au sixième étage d'un immeuble de douze niveaux. D'autres services administratifs, mais aussi des sociétés privées, y louaient, comme le ministère des Affaires étrangères, quelques bureaux ou un étage entier pour y caser une partie de leur personnel qui ne pouvait loger dans les immeubles prestigieux mais inadaptés des administrations centrales. La section bénéficiait ainsi de cinq bureaux.

Dans le premier se trouvait Michel Boutinot, le chef de la section. C'était un petit homme ventru proche de la retraite qui portait encore des costumes trois pièces, le gilet servant à dissimuler sa paire de bretelles et la tension subie par les boutons de sa chemise. Il semblait débarquer d'un autre temps et parlait souvent avec nostalgie des années durant lesquelles de Gaulle était au pouvoir.

— *Vive le Québec libre !* Ça avait de l'envergure. On savait s'affirmer à l'époque. Aujourd'hui, la France baisse son froc à tout bout de champ dans l'espoir de refiler des centrales nucléaires et des rames de métro. C'est plus de la diplomatie, c'est du voyage de commerce ! Bonjour monsieur le président, et hop ! je vous glisse le pied dans la porte comme un vulgaire marchand d'aspirateurs.

Le jour de mon arrivée, Boutinot me reçut dans son bureau avec beaucoup de solennité, me félicita pour ma réussite au concours en me serrant longuement la main.

— Le concours, ça vous pose un homme, me dit-il. C'est le pedigree du fonctionnaire, un label de qualité irréfutable. Rien à voir avec le piston dont usent les politiques qui envoient leurs protégés sur les meilleurs postes. Si encore ils recrutaient des personnes compétentes. Mais non ! Ils pistonnent des médiocres ! Et comme je dis toujours, si en dehors de nous, ils nomment des hommes compétents, inclinons-nous, mais si des médiocres leur suffisent, nous sommes là !

Je pris cette intervention pour un trait d'humour et souris ostensiblement, mais Boutinot affichait une mine des plus sérieuses et j'effaçai aussitôt de mon visage toute trace de l'amusement suscité par ses paroles.

Il m'informa qu'il était très surpris de voir une nouvelle recrue. Il avait réclamé des renforts durant des années mais l'administration centrale n'avait jamais répondu à ses demandes. Si bien que depuis deux ans, il ne le sollicitait plus.

— Je voudrais bien savoir quelle mouche les a piqués pour qu'ils se décident soudain à envoyer quelqu'un.

Il se leva et commença à arpenter la pièce en me dressant un rapide historique de la section et en m'expliquant sa place dans le dispositif diplomatique. Je m'assurai que mon attaché-case ne risquait pas d'entraver ses déambulations.

La section Europe de l'Est et Sibérie avait été créée quelques mois après la chute du mur de Berlin. Le bureau des pays en voie de création, dont elle dépendait, existait déjà depuis longtemps mais, avant cet événement, aucune section n'exerçait de veille stratégique sur les pays du bloc de l'Est tant la situation semblait figée de ce côté-là. Et puis il y avait eu Gorbatchev, une promenade au bord de la mer Noire, l'idée de la perestroïka, et tout s'était alors accéléré. Le mur de Berlin était tombé, le peuple avait déboulonné les statues de Lénine et, depuis, la section Europe de l'Est et Sibérie surveillait les mouvements politiques de cette zone géographique et prenait des contacts avec les forces dissidentes tout en ménageant les pouvoirs installés. Les conjonctures politiques évoluaient avec une telle rapidité et souvent de façon si inattendue qu'il était impossible de prévoir qui serait aux commandes le lendemain dans certaines régions instables.

— Nous travaillons dans l'ombre, me dit-il. Au Quai d'Orsay, ils appellent cela des « missions diplomatiques non officielles ». Mais il s'agit en fait de prendre la suite des services secrets et de préparer l'arrivée des missions diplomatiques officielles une fois que la situation politique est stabilisée. Une mission de transition en quelque sorte.

J'étais un peu surpris qu'une telle section existât au ministère des Affaires étrangères. Et puisque la nôtre s'occupait de l'Europe de l'Est et de la Sibérie, c'est qu'il en existait d'autres chargées de l'Afrique, du Moyen-Orient ou de l'Amérique du Sud. Moi qui m'étais imaginé en train de tamponner des demandes de visas dans une ville exotique, je me retrouvai dans l'antichambre de la barbouzerie à cause d'un attaché-case trop volumineux.

— Vous serez amené à voyager, poursuivit-il.

À ces mots, je remerciai intérieurement Langlois du bureau du personnel qui, croyant me punir en m'envoyant travailler dans cette section, m'offrait ce dont j'avais rêvé depuis toujours. Ma mère revint dans mes bonnes grâces. Je sentis un sourire monter à mes lèvres, fendre mes joues et presque toucher mes oreilles. Ma tête se serait sans doute ouverte comme une pastèque trop mûre sous le soleil de midi s'il n'avait pas calmé mon enthousiasme.

— Ne vous emballez pas. Les voyages dont je vous parle ne sont pas des balades du dimanche. Vous voyagerez souvent pour affaires, plus rarement avec un visa touristique, et ne bénéficierez pas de l'immunité diplomatique. On marche sur des œufs, des œufs pourris qui plus est. Le terrain est miné. Sachez qu'il nous arrive de soutenir en même temps deux parties opposées qui luttent pour l'accession au pouvoir tandis que la diplomatie officielle soutient l'autorité en place. Non, croyez-moi, jeune homme, ce ne sera pas toujours une partie de plaisir. Chaque manœuvre est délicate et demande du sang-froid. C'est d'ailleurs étonnant qu'ils nous envoient un bleu. Je parie que vous n'avez aucun entraînement. J'ai parfois l'impression que le quartier général ne sait plus où il en est.

— Le quartier général ? questionnai-je, un peu surpris.

— Oui, enfin, vous m'avez compris, je voulais dire l'administration centrale. Bien, je vais vous présenter le reste des troupes. Puis nous passerons au magasin pour récupérer votre paquetage, et vous prendrez enfin vos quartiers.

Nous quittâmes son bureau. J'étais un peu cueilli par les propos de mon supérieur et commençais à regretter ma légèreté, mon inconséquence, qui m'avaient conduit à confondre le Quai d'Orsay avec une agence de voyages. J'apprendrais cependant assez vite à ne pas attacher beaucoup d'importance à ce que disait Boutinot. Il vivait dans un monde qui n'était pas le nôtre.

Le deuxième bureau était occupé par Aline et Arlette, les deux secrétaires de la section. Boutinot me présenta et demanda à ce qu'on me préparât mon « paquetage », mot auquel ni Arlette ni Aline ne réagirent. Aline, qui était la plus jeune des deux, se leva, ouvrit une armoire métallique dans laquelle étaient stockées les fournitures et commença à préparer un lot de stylos, crayons, bloc-notes, Post-it et j'en passe.

Je situai Aline entre vingt-cinq et trente ans. Elle était brune, les cheveux lisses coiffés en carré plongeant impeccable. Elle portait un maquillage juste assez marqué pour attirer l'œil plein de convoitise de l'homme en mal de tendresse sans atteindre l'outrancière vulgarité qui aurait suscité des pensées inavouables chez ce même homme, voire un sifflement d'admiration. J'appréciai ce savant dosage et en conclus qu'Aline devait être une fille mesurée, qui connaissait les limites dictées par la bienséance et le savoir-vivre.

Arlette, sa collègue, était très différente. Elle avait une cinquantaine d'années, un air blafard et valétudinaire sous des cheveux mi-longs et filasses qui n'étaient pas sans rappeler un balai espagnol retourné, des lunettes rondes dont les verres très larges, trop sans doute, étaient légèrement fumés et dissimulaient ses cernes ainsi que, tel un accessoire de carnaval, un bon tiers de son visage. À cela s'ajoutait une paire de boucles d'oreilles sans doute récupérée parmi les décorations d'un abat-jour de restaurant indien. De surcroît, elle portait des vêtements qu'elle fabriquait elle-même, ce dont elle aurait dû s'abstenir. Elle se vantait même de toujours travailler à l'instinct, sans patron. Elle parlait là de ses travaux de couture mais, Boutinot ne pouvant être considéré comme un chef, je découvris que cette question du « travail sans patron » s'appliquait aussi à nos missions. Le bateau n'était pas sans capitaine à bord, ce qui eût été plus facile, mais naviguait avec un capitaine qui mettait le cap sur les récifs tandis que l'équipage manœuvrait discrètement pour les éviter.

Arlette, pour y revenir et en terminer avec elle, était une postsoixante-huitarde pur jus. Elle était trop jeune pour avoir fait Mai 68 mais vantait en permanence « les événements » tout en se plaignant de la tournure que prenait la société actuelle. Elle était révolutionnaire et poujadiste comme beaucoup de représentants de sa génération. Elle semblait assumer le rôle de chef du secrétariat, sans doute du fait de son ancienneté dans la fonction. Elle me signala qu'elle viendrait dans mon bureau afin de m'expliquer leur rôle dans la section et les règles d'utilisation des divers attributs de leur office, et en particulier du photocopieur, qui était nouveau, capricieux et par conséquent réservé à la manipulation exclusive d'Aline, qui elle seule avait suivi une formation. À ces mots, Aline se redressa en ajustant sa jupe. Son visage s'était soudainement empourpré. Elle me tendit mon « paquetage » et ajouta que je pouvais la déranger si j'avais besoin de quoi que ce fût d'autre, ce dont je l'assurai, en rougissant à mon tour. Nos yeux étaient comme des billes de flipper et se fuyaient dès qu'ils se rencontraient.

Arlette reprit la parole, balayant le charme de cet instant de trouble, et poursuivit ses explications sur le fonctionnement du secrétariat avec le fax, la navette courrier entre nos bureaux et le Quai d'Orsay, le badge qu'il fallait demander afin que je pusse entrer dans les locaux sans leur réclamer l'ouverture de la porte depuis l'Interphone, badge qui me servirait aussi à manger à la cantine. Elle m'exposa encore un grand nombre de pratiques, toujours avec de longues justifications quant à chacune des dispositions en place, ce qui fit que j'en oubliai la moitié.

Le bureau suivant était occupé par Marc Germain, un informaticien. Il assurait la maintenance des six ordinateurs de la section et veillait à ce que nous fussions toujours connectés au réseau du ministère. Sa porte demeurait fermée afin de maintenir une température fraîche, nécessaire à la protection des appareils informatiques. Personne n'entrait jamais dans son bureau. Compte tenu du nombre de postes qu'il avait à gérer, il n'était guère débordé par son travail. Il passait le plus clair de ses journées à surfer sur le Net, à jouer en ligne ou à regarder des DVD sans crainte d'être dérangé. De toute la section, il était le seul à venir travailler en jeans et en T-shirt, ce qui est le signe de distinction des informaticiens. Il est impossible de leur imposer quoi que ce soit – horaires, tenues vestimentaires, coupe de cheveux réglementaire… – car ils ont le pouvoir absolu. D'un clic, ils vous permettent d'avancer dans votre travail ou vous bloquent pendant des heures au moment même où vous aviez besoin de boucler un dossier urgent ou de transmettre des pièces importantes par courrier électronique. Les T-shirts de Marc étaient tous à l'effigie d'une destination touristique. Il était au ministère des Affaires étrangères un de ceux dont les missions nécessitaient le moins de déplacements et pourtant ces T-shirts prouvaient qu'il voyageait bien plus que tous les membres de la section réunis. Chaque jour il nous gratifiait d'une destination exotique : Bangkok, Chihuahua, Tokyo, Bali, Le Touquet – il lui arrivait parfois de partir en vacances en France. Marc était un véritable globe-trotter qui parlait des lieux qu'il avait visités comme *Le Guide du routard*.

L'avant-dernier bureau était occupé par Philippe Leroy. Boutinot me le présenta comme mon plus proche collègue. Philippe n'avait que cinq ans de plus que moi mais, déjà, par respect pour la hiérarchie sans doute, avançait une bedaine nourrie au ragoût des bonnes familles, emballée dans des costumes de grand-père, poussant même le mimétisme avec Boutinot jusqu'à développer une légère calvitie qu'il accentuait en se coiffant les cheveux plaqués en arrière. Il dégageait une odeur de citron qui me permit d'identifier l'onguent qui servait à maintenir sa coiffure impeccable tout le jour durant, à savoir la pommade capillaire Pento, dont je connaissais le parfum si particulier pour l'avoir senti depuis ma plus tendre enfance dans les cheveux de mon père.

Le tube rouge et noir était rangé dans le placard de la salle de bains, sur l'étagère la plus élevée, réservée à mon père, à côté de son après-rasage Aqua Velva. Il m'arrivait, lorsque je voulais jouer au *monsieur*, de me tartiner les cheveux de cette pommade puis de me tapoter les joues avec l'eau de toilette bleutée au parfum frais et envahissant. C'était bien là le problème. Car chaque fois que je jouais, malgré l'interdiction, avec les produits de toilette de mon père, j'étais démasqué dès ma sortie de la salle de bains. Tout comme je l'étais lorsque, plus rarement car je savais le produit plus onéreux – c'était le cadeau de Noël que mon père offrait chaque année –, je m'aspergeais de *Fleur de Rocaille* de Caron qui se trouvait sur l'étagère du milieu, réservée à ma mère. Outre la colère que provoquait chez mes parents le fait de constater que j'avais joué une fois de plus avec leurs produits de toilette, au mépris des proscriptions répétées, l'utilisation du parfum suscitait chez mon père une vive inquiétude, celle que je fusse « homosexuel », ce dont il s'ouvrait à ma mère tout en sous-entendant que c'était, à n'en pas douter, parce qu'elle me couvait un peu trop. S'ensuivait alors une dispute dont mes parents avaient le secret à laquelle je me soustrayais en m'isolant dans ma chambre pour regarder dans le dictionnaire ce que signifiait le mot *homosexuel* que j'entendis pour la première fois à huit ans. *Le Petit Larousse* disait : « HOMOSEXUEL, ELLE adj. et n. Qui éprouve une attirance sexuelle pour les personnes de son sexe. » Je me reportai à la définition du mot *attirance* et découvris : « ATTIRANCE n.f. Charme particulier qui attire ; attrait. » Je cherchai ensuite *sexuelle* dans mon dictionnaire et trouvai ceci : « SEXUEL, ELLE adj. Qui caractérise le sexe des animaux et des plantes. » Puis suivaient d'autres explications : « Relatif à la sexualité : *éducation sexuelle. Acte sexuel*, copulation, coït. *Caractères sexuels*, ensemble des manifestations anatomiques et physiologiques déterminées par le sexe. (On distingue des caractères *sexuels primaires* [organes génitaux] et des caractères *sexuels secondaires* [pilosité (barbe, etc.), adiposité, voix] spéciaux à chaque sexe.) » J'étais perdu. Tout s'embrouillait dans mon esprit. Copulation, coït, génitaux, pilosité, adiposité… J'ignorais le sens de la plupart des mots que je venais de lire et voyais bien que cette recherche pouvait durer des heures si chaque fois la lecture d'une définition entraînait d'autres recherches. Je décidai de m'en remettre à la première phrase de l'article, soit « qui caractérise le sexe des animaux et des plantes », la seule compréhensible pour moi, rapprochai cette définition de celle d'*attirance* et en déduisis que le terme *homosexuel* définissait quelqu'un qui trouvait charmants les animaux et les plantes et qui n'hésitait pas à en offrir aux personnes de même sexe que lui. Je refermai mon dictionnaire sans comprendre pourquoi mon père s'inquiétait.

Le lendemain, mon père revint du travail plus tôt que d'habitude avec, à la main, un sachet plastique. Il me convoqua dans la salle de bains, ouvrit le placard, dégagea l'étagère la plus basse et me déclara :

« Puisque tu es grand maintenant et que tu es presque un homme, tu auras *ton* étagère avec *tes* produits. »

Sur celle-ci il déposa un flacon d'eau de Cologne Mont-Saint-Michel à côté duquel il plaça mon verre et ma brosse à dents. Puis il me regarda, attendant une réaction de ma part. Tout cela devenait sérieux. Je ne jouerais plus au *monsieur* ou à la *dame* mais devrais être moi-même, comme un grand – je découvrirais plus tard que les grands étaient rarement eux-mêmes. Je remerciai mon père tout en regrettant de voir disparaître de mon univers un territoire de jeu qui, sur une échelle d'un à dix, méritait bien un huit. Plus jamais, après cet épisode, je n'essayai les produits de maquillage de ma mère. Plus jamais je n'étalai au-dessus de ma lèvre supérieure une couche de mousse à raser pour figurer une moustache comme celle que portait mon père et en laquelle je voyais toute son autorité.

— C'est avec Philippe que vous vous partagerez la gestion des dossiers, m'informa Boutinot en me présentant mon collègue.

Puis s'adressant à nous deux cette fois-ci, il poursuivit :

— Je vous laisse libres dans l'organisation de cette répartition. Ce qui m'importe, c'est que la mission soit remplie. Compris, jeunes gens ?

Ce à quoi Philippe et moi acquiesçâmes. Philippe se raidit en un garde-à-vous hasardeux ce qui provoqua un léger sourire de satisfaction chez Boutinot. Mon collègue avait un tel respect de la hiérarchie qu'il se levait quand un supérieur l'appelait au téléphone. Je me redressai légèrement à mon tour, mais sans conviction, avec la retenue benoîte d'un novice, et ne récoltai qu'un haussement de sourcil circonspect de la part de notre chef. Ce dernier se retourna sans un mot de plus et regagna son bureau dans une marche ordonnée et volontaire : pas régulier, bras balançant le long du corps en parfait accord avec les jambes, tête haute, regard droit. Dans ma tête, une musique de fanfare résonnait, et je commençais à me demander si je n'étais pas tombé dans un asile de fous, un placard dans lequel le ministère reléguait ses éléments problématiques.

Je reçus la confirmation de cette hypothèse lorsque Philippe ouvrit l'armoire métallique contenant les dossiers mentionnés par Boutinot et que nous devions nous partager. Devant moi se trouvaient trois niveaux de dossiers suspendus répartis en trois couleurs : marron, jaune et beige. J'eus soudainement la vision du séjour de mes parents. Ces trois étagères étaient presque assorties au décor du pavillon familial. Philippe entreprit un exposé des motifs qui avaient présidé au choix de ce camaïeu dont le spectre était si limité quand l'industrie papetière mettait à disposition de ses clients un éventail de couleurs dont les nuances étaient infinies. L'étagère du haut, qui supportait les dossiers de couleur beige, concernait les pays d'Europe centrale, de l'Est et du Caucase. Il y avait là des dossiers sur l'Albanie, la Moldavie, l'Ukraine ou encore la Tchétchénie. L'étagère du milieu, dont les dossiers étaient marron, supportait les pays du Moyen-Orient : Ouzbékistan, Tadjikistan, Kazakhstan… Enfin, à la troisième étagère étaient suspendus les dossiers jaunes qui contenaient les informations sur les zones les plus reculées en Asie : Iakoutie, Kamtchatka, Khakassie… Il s'arrêta dans sa présentation, attendant de ma part la question que je ne manquai pas de poser.

— Pourquoi ces couleurs ?

— C'est mon idée, répondit-il en bombant le torse. C'est en fonction de la couleur de la peau des habitants des pays. Les plus clairs pour l'Europe de l'Est, les plus foncés pour le Moyen-Orient et les jaunes pour l'Asie. Simple, logique, imparable.

Je le regardai, un peu interdit par ce qu'il venait de me dire, puis je lui fis remarquer que le procédé, s'il révélait des qualités pratiques et mnémotechniques indéniables, souffrait cependant d'une méconnaissance des habitants des régions dont il était question et que nous nous approchions des frontières du racisme – que je considérais comme depuis longtemps franchies, mais je sentais que j'abordais là un domaine sensible et je préférais ménager mon nouveau collègue. Ces précautions ne furent pas suffisantes et lorsque j'évoquai la possible xénophobie du dispositif, il se tendit, se froissa, se crispa, passa par toutes sortes de manifestations physiques de l'énervement dont certaines m'étaient tout à fait inconnues, mais je venais de province et j'avais encore tant à découvrir.

— Sachez que cette méthode de classement a été approuvée par monsieur Boutinot en personne. Alors vos commentaires…

Il fit un geste de la main que j'interprétai comme voulant dire que je pouvais les ravaler. Je regrettai déjà mes mots. Philippe était la personne avec laquelle j'allais devoir travailler chaque jour, en étroite collaboration, et je venais de me le mettre à dos, pensai-je. Mais non, il poursuivit ses explications comme si l'épisode qui venait de se produire n'avait pas eu lieu. Philippe présentait cet avantage : il n'éprouvait jamais aucune rancune pour la bonne raison qu'il avait autant de mémoire qu'un grille-pain. Il avait cependant développé certaines stratégies visant à contourner son handicap. Il était ainsi passé maître dans l'art du classement. Il classait tout, parfaitement et rapidement, trop vite même puisqu'il classait avant que les questions ne fussent traitées.

Je lui parlai des voyages que Boutinot avait mentionnés et lui demandai si lui-même s'était déplacé récemment. Il me répondit que personne ne voyageait plus depuis longtemps dans la section et que si lui ou un autre était parti, il s'en souviendrait.

Son problème de mémoire m'apparut bien plus grave encore, et je me demandai comment un élément aussi peu fiable pouvait se trouver dans l'administration quand il était si difficile d'y entrer. Sans doute existait-il une faille dans la procédure de recrutement.

Chapitre IV

Deux tâches occupèrent à elles seules mes premières semaines.

L'une consista à passer en revue tous les dossiers dont Philippe et moi-même avions la charge. Je commençai par ceux qui me semblaient les plus familiers : les dossiers de couleur beige. Je poursuivis avec les dossiers de couleur marron qui me firent revivre quelques sensations de mon enfance. Les noms devenaient plus exotiques, et leur simple lecture était à elle seule un voyage : Kabardino-Balkarie, Abkhazie, Daguestan... Dans ces dossiers, je trouvai plusieurs notes classées dans un ordre chronologique. J'en parcourus quelques-unes. Il s'agissait pour l'essentiel d'ordres de mission émis par le bureau de la communication du Quai d'Orsay, parfois directement par les ambassades ou les chambres consulaires. Il y était question de prise en charge de délégations ou de personnalités : accueil de dirigeants de la chambre de commerce de Makhatchkala, transfert de l'aéroport de Roissy-CDG à l'aéroport d'Orly d'un chargé de développement de l'artisanat venu de Kalmoukie… Il y en avait ainsi des dizaines, mais aucun n'était suivi d'un compte rendu correspondant à la mission. Je demandai alors à Philippe de m'indiquer où se trouvaient les dossiers contenant les rapports relatifs à ces missions afin de comprendre comment se déroulaient ces prises en charge et en quoi consistait notre travail. Il me répondit le plus naturellement du monde qu'il n'avait jamais reçu ces comptes rendus et que, par conséquent, il ne voyait pas comment il aurait pu les classer.

— Mais ne sommes-nous pas censés accomplir ces missions et rédiger les comptes rendus correspondants ? lui demandai-je.

— Écoutez, ma fonction est de classer, alors je classe. S'il avait dû en être autrement, Boutinot me l'aurait dit. Et je m'en souviendrais s'il me l'avait dit.

C'était bien là l'écueil.

J'informai Boutinot. Je veillai toutefois à ne pas accabler Philippe. Je souhaitais, il est vrai, me faire remarquer et gagner au plus vite le droit de prétendre à des fonctions plus exotiques. Mais je ne voulais pas pour cela enfoncer mon voisin de bureau. Il y a peu d'intérêt en effet à se valoriser en comparaison d'un collègue incompétent. Certains pourraient voir dans ces manœuvres la tentative de servir ma carrière avant la diplomatie. Je ne les contredirai pas. Je n'étais pas entré au ministère pour faciliter les relations de la France avec l'Ouzbékistan, le Kamtchatka ou la Kabardino-Balkarie mais pour satisfaire à la fois mon désir de voyage et mon besoin de stabilité professionnelle. Quelle autre administration pouvait m'offrir cette double perspective ? La Défense peut-être, mais les déplacements y étaient souvent synonymes de danger, ce qui correspondait peu à mon caractère. La diplomatie avait été le bon choix. Restait à lui faire tenir ses promesses.

— Chef, nous avons un problème.

Je le lui exposai.

— Cela expliquerait alors la position de l'état-major à notre encontre, en conclut-il. Ce silence radio depuis quelque temps me paraissait étrange.

Quelque temps était un euphémisme compte tenu de la situation. Philippe travaillait depuis trois ans dans la section et les ordres de mission les plus récents parmi ceux que j'avais pu consulter dataient d'au moins un an et demi.

— Prenez contact avec les émetteurs de ces demandes et signalez-leur que nous sommes de nouveau opérationnels, que nous avons repris nos positions.

La plupart des ordres provenaient du même bureau : celui de la communication, situé à peine à deux kilomètres, en aval de la Seine. Les missions que nous confiaient nos collègues du Quai d'Orsay étaient celles ne présentant aucune difficulté, voire aucun enjeu. Aussi ne s'étaient-ils d'abord pas inquiétés de rester sans nouvelles. Ils considéraient que tout se passait pour le mieux. Mais à la suite d'une réclamation d'un visiteur, ils découvrirent le pot aux roses. Ils cessèrent alors toute sollicitation, sans donner d'autres suites à cette affaire. Ces visiteurs n'étaient pas des diplomates et les accueils que le ministère organisait pour eux étaient pour ainsi dire *préventifs*. Certaines de ces personnalités pouvaient un jour, il est vrai, occuper de hautes fonctions dans leur pays. Ceux qui étaient déjà dans des positions élevées étaient bien entendu reçus en priorité par les services compétents du ministère. Nous étions la section à laquelle ils sous-traitaient les basses besognes, jusqu'à ce qu'ils se rendent compte que même celles-ci nous ne pouvions les assumer.

Certaines demandes nous étaient parvenues directement des services des ambassades et des chambres consulaires, telles celles d'Irkoutsk ou de Vladivostok. Ces demandes-là avaient continué d'affluer plus longtemps et comptaient parmi les dernières reçues. Sans doute l'information au sujet de l'incompétence de la section avait-elle mis plus de temps à atteindre les plaines reculées de Sibérie. J'entrepris d'envoyer une note administrative sous couvert de notre chef de section à chacun des commanditaires nous ayant sollicités en vain. J'établis un courrier type que je comptais adapter à chaque interlocuteur :

Bureau des pays en voie de création
Section Europe de l'Est et Sibérie

Paris, le jeudi 14 septembre

Note à l'attention de l'attaché d'ambassade de ....

Objet : accueil de délégation sur le territoire national

Vous avez sollicité la section Europe de l'Est et Sibérie en date du ....../....../............ pour l'accueil de ....
Certains dysfonctionnements nous ont empêchés de mener à bien la mission que vous nous aviez confiée, ce que nous regrettons vivement.
J'ai le plaisir de vous annoncer que l'organisation de la section est rétablie et que vous pouvez de nouveau faire appel à nos services.

Je soumis cette lettre type à la validation de Boutinot qui me la rendit ainsi annotée :

Bureau des pays en voie de création
Section Europe de l'Est et Sibérie

Paris, le jeudi 14 septembre

Note à l'attention de ~~*l'attaché d'ambassade de...*~~
l'état-major

Objet : accueil de ~~délégations~~ troupes alliées sur le territoire national

Vous avez sollicité la section Europe de l'Est et Sibérie en date du ....../....../............ ~~pour l'accueil de~~ afin d'organiser le déploiement des forces sur le territoire.

Certains dysfonctionnements nous ont empêchés de mener à bien la mission que vous nous aviez confiée, ~~ce que nous regrettons vivement~~ et nous assumerons les mesures disciplinaires que vous prendrez en conséquence.

J'ai le plaisir de vous annoncer que ~~l'organisation de la section est rétablie et que vous pouvez de nouveau faire appel à nos services~~ nous sommes de nouveau opérationnels et que mes hommes sont prêts à reprendre du service pour toute mission que vous voudrez bien nous confier.

J'étais seul. On ne peut plus seul. Je ne pouvais m'appuyer sur aucun de mes collègues pour me remettre dans la course. Et je décidai, après à peine deux semaines d'ancienneté dans la diplomatie, de falsifier ce courrier. Bien sûr, cette manipulation impliquait le contournement de la voie hiérarchique pourtant obligatoire à toute communication dans l'administration. Mais quelle valeur avait cette procédure quand la hiérarchie avait perdu la tête ? Je fis signer à Boutinot une version *militaire* de la note afin, d'une part, de le rassurer sur l'avancée du dossier, et d'autre part, de récupérer un exemple de sa signature. Le procédé était simple : je souhaitais reproduire la signature de Boutinot au bas du courrier initialement composé par mes soins. Mais à la découverte de ce qu'était la signature de Boutinot, je fus saisi de découragement. Le paraphe révélait la complexité du personnage ; il évoquait les méandres d'une rivière tropicale, boueuse et encombrée de branchages, dans lesquels sa pensée devait patauger depuis des années. Inimitable.

La falsification m'apparaissait dès lors impossible et il me fallut un peu de temps pour me ressaisir et trouver les appuis nécessaires pour mener à bien cette entreprise.

Je saisirai l'occasion de cette interruption dans le processus de réhabilitation de la section, et par là même de rétablissement de ce qui aurait dû être le cours normal de ma carrière, pour opérer un léger recul dans le temps et vous parler de la deuxième tâche qui occupa une partie de mes journées durant ces premières semaines : le pigeon.

Cet épisode débuta au troisième jour de ma présence dans la section. Je vous ai décrit l'architecture des bâtiments du quartier dans lequel se trouvent nos bureaux. L'immeuble où nous étions installés était équipé de pare-soleil métalliques, sorte de visières qui se hérissaient sur la façade, à la base des baies vitrées, protégeant ainsi l'étage inférieur des rayons du soleil. C'était un peu comme une étagère inaccessible, puisque dans les nouveaux immeubles climatisés les fenêtres ne s'ouvrent pas, et sur laquelle, de fait, on ne posait rien. Aussi, je fus surpris d'y trouver, un matin, juste devant ma fenêtre, le corps d'un pigeon. Il gisait là sur le pare-soleil, à un mètre de moi, derrière la vitre. Je crus d'abord qu'il était mort mais il était saisi de temps à autre d'un léger spasme. J'en informai immédiatement mon voisin de bureau qui me répondit sans émotion que cela arrivait de temps en temps. Il m'apprit que les reflets sur les parois en verre leur donnaient l'impression d'espace et que les pigeons, abusés par ce trompe-l'œil, venaient parfois percuter les vitres. Cela se passait en général au petit matin quand le jour s'éveillait et que la lumière était encore faible. La plupart retombaient au pied de l'immeuble où les services de nettoyage les ramassaient. Il arrivait plus rarement qu'on en retrouvât sur les pare-soleil.

— Que faut-il faire dans ce cas-là ? lui demandai-je.

— Les laveurs de vitres l'enlèveront à leur prochain passage.

— Mais ce pigeon est vivant, il n'est que blessé.

Philippe vint alors constater de lui-même la situation et se contenta d'un simple « ah, oui, il est vivant » quand après quelques secondes d'observation le pigeon fut agité d'un soubresaut.

— Malheureusement, on ne peut plus rien pour lui.

Il m'informa que le choc était d'une telle violence que d'habitude le pigeon en mourait sur le coup. Mon incident relevait d'une double rareté.

— On peut même voir l'endroit où s'est produit l'impact, me dit-il.

Je levai alors les yeux et repérai sur la vitre l'empreinte désarticulée du pauvre pigeon cueilli en plein vol, laissée par les plumes souillées et grasses de pollution. Philippe leva la main et, de l'index, dessina les contours de la silhouette.

— Là, ce sont les ailes et là, c'est la tête.

C'était tout simplement abominable.

Pendant ce temps, l'oiseau agonisait.

— Je vais appeler les services de l'entretien pour qu'ils interviennent, lui dis-je.

Philippe fit une moue dubitative puis me souhaita bon courage en quittant le bureau. Il avait des papiers à classer, ajouta-t-il.

— C'est ennuyeux, m'informa mon interlocuteur, car les laveurs de vitres sont déjà venus ce mois-ci. Ils passent le premier lundi de chaque mois. Le prochain nettoyage est prévu le 2 octobre.

— Mais on ne peut pas attendre aussi longtemps. Le pigeon est vivant.

Cet argument que je considérais de poids ne sembla pas l'émouvoir. Il m'expliqua que le cadre de leur intervention était précisément défini par un marché public qui prévoyait un passage par mois. Pendant qu'il me parlait, mon regard allait du pigeon à la silhouette imprimée sur la paroi vitrée. Je fus saisi d'un frisson en imaginant la pauvre bête, virevoltant, heureuse de ce nouveau jour qui s'annonçait, profitant du calme relatif de la ville en éveil, fauchée en plein bonheur par le destin dans un bruit sourd et une douleur atroce. À ce moment, le pigeon ouvrit un œil. Il semblait me regarder. Un dernier spasme le secoua et son œil se referma lentement. Il était mort.

— Il est mort.

— Qui ?

— Ben le pigeon.

— Bon, très bien.

— Comment ça *très bien* ?

— Ça veut dire que ça peut attendre notre prochain passage.

— Dans un mois ! Je ne peux pas rester un mois avec un pigeon mort devant les yeux. Sans compter qu'il va bientôt commencer à se décomposer.

— Alors il faut faire une demande écrite à la personne qui gère nos interventions. C'est la procédure.

Ainsi se présenta le motif de mon premier courrier administratif.

Bureau des pays en voie de création
Section Europe de l'Est et Sibérie

Paris, le mardi 5 septembre

Note à l'attention du responsable du service de l'entretien

Objet : demande d'intervention

Un pigeon a malencontreusement heurté les parois vitrées de mon bureau.

L'oiseau mort gît à présent sur le pare-soleil devant ma fenêtre qui est inaccessible de l'intérieur.

Je vous demande donc de bien vouloir faire intervenir la société en charge de l'entretien afin d'en retirer la dépouille.

Deux jours plus tard, je reçus une réponse sur ma messagerie électronique.

Jeudi 7 sept. 10 h 32
Objet : votre demande d'enlèvement de pigeon
Vous m'avez fait parvenir une demande d'intervention de la société de nettoyage au sujet d'un pigeon mort.

Cette société intervient dans le cadre d'un marché public qui définit précisément la fréquence des travaux.

La prochaine intervention aura lieu le 2 octobre. Le pigeon sera retiré à ce moment-là.

Je relançai sans attendre.

Jeudi 7 sept. 10 h 38
Objet : Réf : votre demande d'enlèvement de pigeon

Je comprends tout à fait les contraintes dictées par ce marché, mais ne serait-il pas possible que la société intervienne avant le 2 octobre ? Ce pigeon est mort ! Par avance merci.

Jeudi 7 sept. 15 h 43
Objet : Re : Réf : votre demande d'enlèvement de pigeon
Le pigeon étant mort, il peut attendre jusqu'au 2 octobre.

Jeudi 7 sept. 16 h 15
Objet : Réf : Re : Réf : votre demande d'enlèvement de pigeon
Il est vrai que, du côté du pigeon, il n'y a pas d'urgence. En revanche, je ne me vois pas passer un mois avec un pigeon mort sous les yeux.

Vendredi 8 sept. 9 h 36
Objet : Re : Réf : Re : Réf : votre demande d'enlèvement de pigeon
Bonjour,
Ce n'est qu'un pigeon. Je ne comprends pas ce qui vous dérange.
Concentrez-vous plutôt sur votre travail…
Bonne journée.

Vendredi 8 sept. 11 h 03
Objet : Réf : Re : Réf : Re : Réf : votre demande d'enlèvement de pigeon
Pour votre gouverne, sachez que le corps d'un pigeon mort est voué à la décomposition et que je ne tiens pas à assister à cette lente dégradation.

Et pour ce qui est de mon travail, il avance malgré la présence du pigeon.

Vendredi 8 sept. 14 h 06
Objet : Re : Réf : Re : Réf : Re : Réf : votre demande d'enlèvement de pigeon
Oui, pardonnez-moi, j'avais oublié ce détail. Cependant, cela ne résout pas le problème : l'intervention de la société de nettoyage est toujours régie par le marché public.

Vendredi 8 sept. 14 h 30
Objet : Réf : Re : Réf : Re : Réf : Re : Réf : votre demande d'enlèvement de pigeon
N'existe-t-il pas des dispositions dans ce marché qui permettraient à la société d'intervenir de façon exceptionnelle ?

Lundi 11 sept. 9 h 12
Objet : Re : Réf : Re : Réf : Re : Réf : Re : Réf : votre demande d'enlèvement de pigeon
Si, mais dans ce cas, il me faut une demande écrite.

Lundi 11 sept. 9 h 45
Objet : Réf : Re : Réf : Re : Réf : Re : Réf : Re : Réf : votre demande d'enlèvement de pigeon
Mais je vous l'ai fait parvenir en fin de semaine dernière !!! Elle est à l'origine de cet échange de messages.

Lundi 11 sept. 11 h 13

Objet : Re : Réf : Re : Réf : Re : Réf : Re : Réf : Re : Réf : votre demande d'enlèvement de pigeon

Pouvez-vous me rappeler les références de votre courrier ? Nous avons beaucoup de demandes. À quelle date l'avez-vous envoyé ?

Lundi 11 sept. 13 h 53

Objet : Réf : Re : Réf : Re : Réf : Re : Réf : Re : Réf : Re : Réf : votre demande d'enlèvement de pigeon

De quelles références parlez-vous ? La demande est datée du 5 septembre.

Mardi 12 sept. 10 h 31

Objet : Re : Réf : Re : Réf : Re : Réf : Re : Réf : Re : Réf : Re : Réf : votre demande d'enlèvement de pigeon

J'ai retrouvé votre demande datée du 5 septembre. Je vais consulter le planning de la société en charge de l'entretien et voir à quel moment elle pourra se déplacer.

Je laissai venir la fin de la semaine puis contactai de nouveau mon interlocuteur.

Vendredi 15 sept. 9 h 23

Objet : Réf : Re : Réf : Re : Réf : Re : Réf : Re : Réf : Re : Réf : Re : Réf : votre demande d'enlèvement de pigeon

Bonjour,

Je reviens vers vous afin de savoir où en est ma demande. Le pigeon est toujours là… Les températures étant élevées (nous sommes encore en été), l'oiseau commence à présenter des signes de putréfaction (présence de mouches).

Cordialement.

Vendredi 15 sept. 11 h 37

Objet : Re : Réf : Re : Réf : Re : Réf : Re : Réf : Re : Réf : Re : Réf : Re : Réf : votre demande d'enlèvement de pigeon

Désolé, j'ai égaré votre demande. Pouvez-vous m'en donner la date à nouveau ?

Vendredi 15 sept. 11 h 41

Objet : Réf : Re : Réf : Re : Réf : Re : Réf : Re : Réf : Re : Réf : Re : Réf : Re : Réf : votre demande d'enlèvement de pigeon

C'est dans mon message du 11 septembre.

Vendredi 15 sept. 11 h 46

Objet : Re : Réf : Re : Réf : Re : Réf : Re : Réf : Re : Réf : Re : Réf : Re : Réf : Re : Réf : votre demande d'enlèvement de pigeon

Il y en a eu plusieurs. Quel était l'objet de ce mail ?

Vendredi 15 sept. 11 h 48

Objet : Réf : Re : Réf : Re : Réf : Re : Réf : Re : Réf : Re : Réf : Re : Réf : Re : Réf : Re : Réf : votre demande d'enlèvement de pigeon

L'objet en était le suivant :

Réf : Re : Réf : Re : Réf : Re : Réf : Re : Réf : Re : Réf : votre demande d'enlèvement de pigeon

Mais je doute que cela puisse vous être d'aucune aide…

Vendredi 15 sept. 11 h 57

Objet : Re : Réf : Re : Réf : Re : Réf : Re : Réf : Re : Réf : Re : Réf : Re : Réf : Re : Réf : Re : Réf : votre demande d'enlèvement de pigeon

C'est bon ! Je l'ai. Je transmets votre demande à la SoCoProp. Je reviens vers vous dès que j'ai une réponse.

Ils annoncent de la pluie ce week-end. La dégradation du pigeon devrait ralentir un peu.

Bon week-end.

Lundi 18 sept. 9 h 07

Objet : Réf : Re : Réf : Re : Réf : Re : Réf : Re : Réf : Re : Réf : Re : Réf : Re : Réf : Re : Réf : Re : Réf : votre demande d'enlèvement de pigeon

Bonjour,

La pluie du week-end n'a rien arrangé. Le pigeon y a laissé des plumes. Et je crains le pire avec le soleil qui semble revenir.

Mardi 19 sept. 9 h 54

Objet : Re : Réf : Re : Réf : Re : Réf : Re : Réf : Re : Réf : Re : Réf : Re : Réf : Re : Réf : Re : Réf : Re : Réf : votre demande d'enlèvement de pigeon

Bonjour,

J'étais absent hier. Je reprends votre dossier et vous en donne des nouvelles dans la journée.

P.S. : désolé pour les plumes ;-)

Mardi 19 sept. 10 h 07

Objet : Réf : Re : Réf : Re : Réf : Re : Réf : Re : Réf : Re : Réf : Re : Réf : Re : Réf : Re : Réf : Re : Réf : Re : Réf : votre demande d'enlèvement de pigeon

Merci. Faites vite ! Aujourd'hui sont apparus des asticots. La vision devient insupportable.

Mardi 19 sept. 15 h 48

Objet : Re : Réf : Re : Réf : Re : Réf : Re : Réf : Re : Réf : Re : Réf : Re : Réf : Re : Réf : Re : Réf : Re : Réf : Re : Réf : votre demande d'enlèvement de pigeon

La SoCoProp a proposé une date. Celle-ci doit à présent être validée par le chef du bureau des moyens généraux dont nous dépendons.

Mardi 19 sept. 15 h 52

Objet : Réf : Re : Réf : Re : Réf : Re : Réf : Re : Réf : Re : Réf : Re : Réf : Re : Réf : Re : Réf : Re :

Réf : Re : Réf : Re : Réf : votre demande d'enlèvement de pigeon

C'est du Kafka !

Mardi 19 sept. 15 h 56
Objet : Re : Réf : Re : Réf : Re : Réf : Re : Réf :
Re : Réf : Re : Réf : Re : Réf : Re : Réf : Re : Réf : Re :
Réf : Re : Réf : Re : Réf : votre demande d'enlève-
ment de pigeon

Je ne comprends pas votre dernier message ?

Mardi 19 sept. 16 h 06
Objet : Réf : Re : Réf : Re : Réf : Re : Réf : Re :
Réf : Re : Réf : Re : Réf : Re : Réf : Re : Réf : Re :
Réf : Re : Réf : Re : Réf : Re : Réf : votre demande
d'enlèvement de pigeon

C'est sans importance. Prévenez-moi dès que
vous aurez du nouveau.

Mercredi 20 sept. 10 h 34
Objet : Re : Réf : Re : Réf : Re : Réf : Re : Réf :
Re : Réf : Re : Réf : Re : Réf : Re : Réf : Re : Réf : Re :
Réf : Re : Réf : Re : Réf : Re : Réf : votre demande
d'enlèvement de pigeon

La date d'intervention de la société de nettoyage
pour le retrait du pigeon mort a été validée par le
chef du bureau. Elle aura lieu le mercredi 27 septembre.

Mercredi 20 sept. 10 h 43

Objet : Réf : Re : Réf : Re : Réf : Re : Réf : Re :
Réf : Re : Réf : Re : Réf : Re : Réf : Re : Réf : Re :
Réf : Re : Réf : Re : Réf : Re : Réf : Re : Réf : votre
demande d'enlèvement de pigeon

C'est incroyable ! Cela fait trois semaines que ma
demande vous est parvenue et vous m'annoncez
que l'intervention aura lieu cinq jours avant l'intervention habituelle…

Mercredi 20 sept. 10 h 47

Objet : Re : Réf : Re : Réf : Re : Réf : Re : Réf :
Re : Réf : Re : Réf : Re : Réf : Re : Réf : Re : Réf : Re :
Réf : Re : Réf : Re : Réf : Re : Réf : Re : Réf : votre
demande d'enlèvement de pigeon

Je comprends votre agacement mais le contexte
du marché public est très contraignant.

Vendredi 22 sept. 9 h 45

Objet : Réf : Re : Réf : Re : Réf : Re : Réf : Re :
Réf : Re : Réf : Re : Réf : Re : Réf : Re : Réf : Re :
Réf : Re : Réf : Re : Réf : Re : Réf : Re : Réf : Re :
Réf : votre demande d'enlèvement de pigeon

Bonjour,

Inutile de demander l'intervention de la société
de nettoyage : le pigeon a disparu. Sans doute la
fin de l'été l'aura-t-elle convaincu de migrer vers le
sud…

Vendredi 22 sept. 9 h 51

Objet : Re : Réf : Re : Réf : Re : Réf : Re : Réf : Re : Réf : Re : Réf : Re : Réf : Re : Réf : Re : Réf : Re : Réf : Re : Réf : Re : Réf : Re : Réf : Re : Réf : Re : Réf : votre demande d'enlèvement de pigeon

C'est ennuyeux, car la demande étant partie, l'intervention de la SoCoProp est planifiée et nous sera donc facturée.

Vendredi 22 sept. 9 h 57

Objet : Réf : Re : Réf : Re : Réf : Re : Réf : Re : Réf : Re : Réf : Re : Réf : Re : Réf : Re : Réf : Re : Réf : Re : Réf : Re : Réf : Re : Réf : Re : Réf : Re : Réf : Re : Réf : votre demande d'enlèvement de pigeon

Que puis-je y faire ? Je ne vais tout de même pas escalader la façade pour déposer un autre cadavre de pigeon sur le pare-soleil !

Vendredi 22 sept. 10 h 02

Objet : Re : Réf : Re : Réf : Re : Réf : Re : Réf : Re : Réf : Re : Réf : Re : Réf : Re : Réf : Re : Réf : Re : Réf : Re : Réf : Re : Réf : Re : Réf : Re : Réf : Re : Réf : Re : Réf : votre demande d'enlèvement de pigeon

Tant pis, ils viendront pour rien.
Le service maintenance reste à votre disposition.
Bien cordialement.

Ainsi, le jour indiqué, je vis passer plusieurs fois devant la fenêtre de mon bureau, un homme vêtu d'une combinaison aux couleurs verte et blanche de la SoCoProp qui errait à la recherche du pigeon mort. À travers la paroi vitrée, je tentai de lui expliquer par le mime que le pigeon n'était plus là. Philippe m'avait appris à ce sujet que des corbeaux s'étaient chargés de la dépouille du défunt pigeon. Il les avait observés un matin où il était arrivé très tôt. Les corbeaux avaient dépecé le cadavre à coups de bec, puis l'un d'entre eux s'était envolé en emportant ce qu'il restait. « C'était beau comme un documentaire animalier » m'avait-il précisé. Je décidai après cela de me tenir à distance de Philippe, d'éviter de me retrouver seul avec ce psychopathe en puissance.

Face à l'ouvrier de la SoCoProp, je battais des ailes, tirais la langue sur le côté en fermant les yeux pour signifier la mort, lui faisais « non » de l'index, puis tapais de ma main gauche sur mon avant-bras droit avec la main tendue vers l'horizon, ce qui voulait clairement dire que le pigeon était parti. L'homme en vert derrière la vitre interpréta mal sans doute ce dernier geste et, furieux, se mit à me tirer la langue lui aussi en me montrant son majeur de façon explicite. Je lui souris. En réponse, les yeux écarquillés, il se tapota la tempe de l'index. Le quiproquo était de mon fait. Je reconnais que ses messages avaient le mérite de la clarté, au contraire des miens.

Cet incident passé, je pus de nouveau me pencher sur le délicat problème du courrier que je souhaitais transmettre aux ambassades et aux consulats qui avaient sollicité nos services sans succès. J'espérais provoquer l'occasion de me distinguer afin de quitter dès que possible cette section qui de toute évidence était un placard dans lequel Langlois avait souhaité m'enfermer. Restait la signature de Boutinot. Je pensais dans un premier temps inventer une nouvelle signature mais j'écartai cette possibilité. Boutinot avait une longue carrière derrière lui, et je ne connaissais pas les différentes affectations par lesquelles il était passé avant d'atterrir ici. L'un de ses anciens collaborateurs aurait pu tomber sur ce courrier et tiquer en ne reconnaissant pas la signature si particulière de notre chef de section.

J'étais sur le point d'abandonner quand Aline se présenta à la porte de mon bureau. Elle venait me proposer une démonstration du photocopieur. J'avais toujours pensé qu'il suffisait de poser un document sur la surface vitrée et d'appuyer sur un bouton, vert le plus souvent, mais, dans l'administration, l'utilisation de cet outil soulevait d'autres enjeux. Utiliser le photocopieur en dehors de la supervision de la personne qui en était responsable, c'était un peu comme se laver les dents avec la brosse d'un autre.

Il faut savoir que chaque fonctionnaire détient un périmètre qu'il défend. Aussi insignifiante soit-elle, jamais il n'abandonnera l'une de ses prérogatives. La valeur d'un fonctionnaire se mesure au nombre de dossiers dont il a la charge, même si certains ne servent qu'à caler les autres sur les étagères. À la question « Qui gère ce dossier ? », le fonctionnaire averti fait en sorte que son nom soit la réponse la plus fréquente. Ainsi peut-il organiser un nombre incalculable de réunions où, bloc-notes en main, l'air concerné voire important, il fera une ou deux interventions bien placées qui laisseront dire de lui que ses propos sont toujours pertinents, puis il établira des comptes rendus qui n'aboutiront que très tardivement, ou pas du tout, à une prise de décision. Cette décision, s'il doit y en avoir une, étant la plupart du temps : « On ne change rien, ça poserait trop de problèmes. »

Aline m'expliqua le fonctionnement du photocopieur dont elle seule détenait le code de déverrouillage ce qui impliquait sa présence pour toute utilisation. C'était une machine très performante, capable de reproduire des documents couleurs avec la qualité d'un scanner. Aline me fit une démonstration convaincante et me fournit sans le savoir la solution à mon problème de courrier. Je décidai de me rendre le soir même dans une boutique de photocopies afin de réaliser en toute discrétion une vingtaine de tirages de la signature de Boutinot sur des feuilles vierges. Il ne me resterait plus qu'à ajouter le texte au-dessus selon le destinataire.

Et ce fut sans doute pour la remercier que, emporté par l'enthousiasme qui sourdait en moi, je proposai à Aline d'aller boire un verre un soir, samedi soir, d'accord me répondit-elle, bon, alors à samedi soir lui ai-je dit en souriant parce que je ne savais pas quoi dire d'autre et que ma mère m'avait toujours dit qu'il valait mieux sourire dans ces moments-là car si ça ne donnait pas un air plus intelligent, au moins ça rendait plus agréable à regarder, puis elle repartit vers son bureau me laissant seul devant le photocopieur dont je n'avais pas le code, mais qu'est-ce qui m'a pris de lui proposer cela, me voilà bien. C'était un mardi.

Chapitre V

Le rendez-vous avec Aline en point de mire, je laissai s'écouler la semaine sans rien faire, l'esprit trop occupé par cette question pour entreprendre quoi que ce fût. Je passai le plus clair de mon temps dans mon bureau les yeux fixés sur les toits de Paris. Je les regardai tellement que j'en eus un goût de fer dans la bouche. De temps en temps, ma méditation angoissée sur les ondulations de zinc était interrompue par l'intrusion de Marc, l'informaticien de la section, qui venait me parler de ses prochaines vacances. Il s'envolait dès le vendredi soir suivant pour Katmandou, destination que lui avait recommandée Arlette. Elle avait passé quelques semaines au Népal dans les années soixante-dix et en gardait un souvenir ému. C'était là-bas qu'elle avait appris la couture instinctive.

Le vendredi, tandis que Marc s'envolait vers le Népal, je passai la nuit dans une longue errance au cours de laquelle je ne cessai de me remémorer mes multiples échecs amoureux. L'insomnie nous laisse souvent seul face à l'idée de la mort. Pour ma

part, elle me conduit plus volontiers au ressasse-
ment des épisodes sentimentaux de mon existence, lesquels ont sombré, pour la plupart, dans le
ridicule. Or celui-ci ne tue pas, c'est bien connu.
Ainsi me retrouvai-je, à intervalles réguliers, sujet
à l'évocation nocturne – et involontaire car ce ne
sont pas des phénomènes que l'on maîtrise – des
événements catastrophiques de ma vie amou-
reuse. Je ne pouvais imaginer une relation qu'à
l'aune de ces naufrages. Je n'étais pas vierge. C'est
un fait techniquement acquis, même si je pus en
douter à un certain moment, n'observant, à la suite
de mon premier rapport sexuel, aucun changement physique majeur. Ce ne fut que lorsque
j'arrêtai de me concentrer sur ma pilosité, mes
boutons d'acné ou la taille de mon sexe que je
compris que l'effet premier était intérieur mais
qu'il avait dû passer avant que je ne pusse le
remarquer. Je dus renouveler l'expérience pour en
mesurer toute la portée. Pour autant, malgré cet
apprentissage, je ne pouvais me considérer comme
expérimenté en la matière ; tout au plus pouvais-je
me prévaloir de quelques tentatives.

J'avais procédé avec les femmes selon la même
méthode éprouvée pour l'apprentissage de la géographie : j'en avais étudié avec attention la carto-
graphie. Déjà, à l'âge où les filles n'étaient pour
moi rien d'autre que des compagnons de jeu différents des garçons, avec lesquelles il n'était pas possible de jouer au football, à la guerre, aux
cow-boys et aux Indiens, ou seulement de façon

tout à fait accessoire, la fille – une seule suffisait – jouant le rôle de la belle qu'il fallait sauver des sauvages, déjà, alors, mon père avait affiché sur la porte des toilettes un poster offert par le magazine *Sciences & Vie* représentant un couple à demi nu. Quand je dis « à demi nu », il ne faut pas imaginer là une représentation érotique à fort potentiel de stimulation émotionnelle et hormonale. Une ligne verticale coupait les corps en deux : d'un côté le corps était nu, de l'autre il était écorché. Ainsi apparaissaient les organes internes, réveillant parfois les monstres habituellement révélés par les motifs du papier peint du salon, accompagnés d'une nomenclature très exotique et même intrigante – comment rester insensible à l'évocation fantastique des trompes de Fallope ? –, et je pus imprimer dans mon esprit les spécificités de chacune des parties représentées et me faire à l'idée de mon appartenance à la moitié masculine de l'humanité.

Quand je dis que cette image n'avait aucune force érotique, cela n'est pas tout à fait vrai. Il m'arriva, au tout début de l'adolescence, en masquant de ma main gauche toute la partie où se trouvaient l'homme et la moitié écorchée de la femme, en tournant légèrement le visage vers la droite et en portant un regard de biais sur la moitié nue qui restait, de découvrir assez d'érotisme dans cette image pour exciter mes premières masturbations. J'utilisai par la suite, lorsque la demi-femme ne suffit plus, les pages « lingerie » du catalogue de La Redoute, un numéro de *Géo* consacré à Tahiti où apparaissaient quelques vahinés vêtues de simples jupes en raphia, un exemplaire de *Marie Claire* spécial libération de la femme dans lequel des militantes féministes qui s'apprêtaient à brûler leur soutien-gorge posaient seins nus face à l'objectif… Il m'arriva aussi, une ou deux fois, de dissimuler sous mon matelas des revues érotiques que j'allais acheter chez un marchand de journaux peu regardant dont la boutique se trouvait à plusieurs kilomètres de l'endroit où j'habitais. Préserver mon anonymat valait bien un long trajet à vélo. Je rentrais chez moi, la revue dissimulée sous mon polo, et m'enfermais dans ma chambre pour admirer la nudité totale de jeunes femmes impudiques. Les quelques images que je rapportais alors de mon expédition constituaient un véritable trésor qui suscitait dans la cour de l'école l'admiration de mes camarades de classe. Aujourd'hui, avec Internet, il suffit de taper le mot « sexe » sur un moteur de recherche pour obtenir des centaines de photos pornographiques.

Plus tard, lorsque l'occasion de perdre ma virginité se présenta, j'eus recours de nouveau au savoir encyclopédique pour préparer cette épreuve et m'isolai dans un recoin du CDI de mon lycée pour étudier avec attention l'emplacement des divers éléments de cette machinerie complexe qu'était le sexe féminin. Il ne s'agissait pas d'un simple orifice. Il relevait même de l'horlogerie à en croire les dires de mes camarades plus exercés qui m'avaient raconté les incontournables préliminaires, étape nécessaire si l'on ne veut pas passer pour un rustre.

Fort de mes repérages, je m'étais rendu un mercredi après-midi chez Camille, ma petite amie. Nous avions écouté quelques disques dans sa chambre, puis elle avait tiré les rideaux, préférant être dans le noir pour faire l'amour. C'est donc dans l'obscurité que je dus retrouver mon chemin, à tâtons, me figurant sans cesse la planche anatomique longuement étudiée la veille. Je palpai délicatement, à la surface d'abord, puis fouillai plus en profondeur, cherchant désespérément un truc qui, au toucher, ressemblât aux détails présentés dans le livre de biologie. Après quelques minutes d'exploration infructueuse de sa géographie intime – rien ne semblait être à sa place là-dedans – Camille, plus aguerrie que je ne l'étais, me demanda si j'avais perdu quelque chose. Cette ironie eut raison de moi et je dus lui laisser la direction des opérations sans quoi nous y serions sans doute encore. Je passerai sur les détails et préciserai seulement que l'affaire fut rondement menée, au pas de charge pour ainsi dire, et que le lendemain, Camille me fit comprendre qu'elle ne souhaitait pas donner de suite à notre relation.

Cette première expérience, peu glorieuse, provoqua un repli stratégique. Il fallait rassembler les troupes et mieux se préparer pour le prochain assaut – vous me pardonnerez l'emploi ici du vocabulaire de Boutinot mais l'évocation de cet épisode m'est douloureuse et je ne peux m'empêcher d'être sur la défensive – et je mis quelques mois à retrouver le courage nécessaire à l'entreprise. Quelques mois qui suffirent à me replacer dans la situation du novice, ce qui entraîna une nouvelle expérience traumatisante et plusieurs mois de repli, encore. Ainsi ma vie sexuelle s'égrena et s'égrenait toujours en résurgences calamiteuses aux suites souvent déplaisantes et espacées de longues traversées souterraines durant lesquelles, réticent à m'engager dans ce branle-bas épiso-dique, je restais enfoui dans les abîmes de ma per-sonnalité problématique.

Au lendemain de cette nuit d'insomnie, je passai mon samedi devant l'écran minuscule de mon télé-viseur. Les séries américaines s'enchaînaient, découpées en séquences, entrelardées de spots publicitaires, et finissaient par former un conti-nuum dénué de sens d'où surgissait par moments quelque souvenir ou quelque image comme autrefois du papier peint. Mais, dans l'attente de mon rendez-vous avec Aline, mon esprit était trop occupé par des divagations angoissées pour trouver là une échappatoire efficace. Le soir, je retrouvai Aline à la terrasse d'un café situé dans son quartier, un petit bistrot au charme vieillot mais totalement artificiel et dont le décor hétéro-clite, fruit de quelque décorateur spécialisé man-daté par un investisseur, étudié dans les moindres détails, reproduisait le fouillis d'une échoppe de brocanteur. Un serveur vêtu d'une salopette et d'une casquette qui lui donnait un air de canaille vint prendre notre commande. Il l'enregistra sans vraiment y prêter attention, et repartit en traînant des pieds à l'intérieur du café.

Nous restâmes la soirée entière dans ce café, profitant de la douceur de septembre pour dîner sur la terrasse de cet établissement dont l'imposture décorative contrastait avec la sincérité des rapports qui s'installaient entre Aline et moi. Nous discutions, complices, et c'est pour ne pas risquer de rompre la magie de ce moment que je ne signalai pas à Aline la présence de Marc à l'autre bout de la terrasse, Marc qui aurait dû se trouver à 15 000 kilomètres de Paris à ce moment-là. Son regard croisa le mien. Nous étions ex-aequo : un secret partout.

À son retour, il vint dans mon bureau et m'expliqua qu'il ne partait jamais en vacances. Il avait la phobie des avions mais il trouvait indispensable, pour des raisons sociales, de dire qu'il partait. Ses T-shirts lui étaient offerts par des amis. Mis à part Le Touquet, où il passait parfois le week-end, jamais il n'avait mis les pieds dans aucune des villes dont il arborait les noms. Il en apprenait cependant les particularités à travers la lecture de guides touristiques afin de pouvoir en parler. Je lui promis de ne jamais dévoiler son secret. Il jura de ne parler à personne de ma relation avec Aline.

Plusieurs soirs, Aline et moi sortîmes ensemble. Nous changions chaque fois de café, de restaurant, découvrant des quartiers dont j'ignorais tout jusque-là.

Aline prit l'initiative de notre première nuit. Elle en avait assez d'explorer Paris. Elle me proposa, un soir où je m'apprêtais à la laisser, une fois de plus, au pied de son immeuble, de monter dans son appartement pour prendre un dernier verre. Je savais bien ce que voulait dire cette invitation et je n'en menais pas large en gravissant l'escalier qui conduisait chez elle. Avec mon passif d'amant désastreux, je pouvais rater une marche à tout moment.

Aline habitait un appartement situé dans le XXe arrondissement, à quelques pas du cimetière du Père-Lachaise. Dans ce quartier plus populaire que celui des Invalides où se situait ma chambre de bonne, Aline occupait, pour un loyer moins élevé que le mien, un deux-pièces. Il est vrai que le choix de privilégier ma carrière professionnelle par rapport à mon petit confort m'avait mis dans l'obligation de trouver un appartement dans l'arrondissement le plus cher de Paris avec un budget de fonctionnaire subalterne en début de carrière. Je dus d'ailleurs visiter trente-deux appartements avant de trouver le bon. Au cours de ma recherche, je découvris que « petit » était une notion fort subjective. Les agents immobiliers me firent visiter des appartements si étriqués que je crus parfois qu'ils me montraient le local à poubelle ou l'espace de rangement pour les poussettes et les vélos avant de m'introduire dans la studette signalée dans l'annonce. La taille minuscule de ces appartements, si réduits qu'ils n'en étaient que des ellipses, des raccourcis, était parfois cachée derrière des termes insoupçonnables pour le néophyte que j'étais. Après quelques visites, j'écartai les *studettes* et tout ce qui était qualifié de *coquet* ou de *fonctionnel* qui, dans le jargon de l'agent immobilier, voulaient respectivement dire très petit mais mignon et très petit mais pratique. Les professionnels de la pierre rivalisaient d'inventivité dans la description des biens immobiliers qu'ils proposaient, et même, au besoin, ils n'hésitaient pas, lorsque le terme qui pouvait le mieux qualifier l'un de ces biens faisait défaut à la langue française, à verser dans le néologisme. Davantage attiré par l'opportunité d'enrichir mon vocabulaire que par celle de trouver l'appartement adapté à mes besoins, je visitai un atypique deux-pièces en « souplex », locution intrigante qui désigne non pas un appartement aux murs en mousse, comme d'aucuns pourraient le penser, mais un duplex aménagé en partie dans une cave. Il eût été cependant prématuré de m'enterrer dans ce sous-sol auquel seul un plafond couvert d'ampoules électriques aurait pu donner assez de lumière pour pallier l'absence de fenêtre. Aujourd'hui peut-être choisirais-je cette incongruité en dessous de la ville plutôt que la chambre de bonne que j'occupe et dont la vue dégagée m'évoque douloureusement la perspective prometteuse qui me fut un temps ouverte. J'appris à décoder les affichettes des agences : *calme* voulait dire sur cour, *sans vis-à-vis* signifiait vue sur un mur aveugle, un *quartier animé* cachait une rue bruyante. Compte tenu de mon budget, le choix se réduisit considérablement. J'adaptai mes critères à la situation et finis par jeter mon dévolu sur la spacieuse et confortable chambre de bonne (lorsqu'ils concernent une chambre de bonne, ces deux qualificatifs indiquent une surface de plus de neuf mètres carrés sans la contrainte des W.-C. sur le palier) dont je vous ai déjà parlé. Je pouvais me satisfaire d'une petite surface à la condition que ma carrière bénéficiât de cette concession. Mais la vengeance de Langlois avait depuis enlevé tout sens à ce sacrifice.

Il est toujours étrange de découvrir les gens dans leur intimité après les avoir côtoyés au bureau. Aline partageait son appartement avec un compagnon. Elle me présenta Youki, un yorkshire qui aboyait, sautait, courait mais qui allait se calmer, m'assura-t-elle. C'était comme ça à chaque fois qu'elle rentrait. Aline le caressa, ce qui sembla le calmer un peu. « Et fais voir ta truffe à maman » lui dit-elle. L'usage de ce « maman » me donna l'envie de partir sur-le-champ mais la vision du postérieur d'Aline penchée sur Youki me convainquit de rester. « Je vérifie sa truffe tous les soirs en rentrant, il faut qu'elle soit froide et humide, sinon ça veut dire qu'il est malade » m'expliqua-t-elle. Puis elle ajouta :

« Youki est un peu comme un enfant. Le jour où je l'ai eu, je me suis sentie responsable d'un être vivant pour la première fois. »

Pour plaisanter, j'eus envie de lui répondre que jamais personne ne m'avait touché « la truffe » pour savoir si j'étais malade, mais je ne voulais pas prendre le risque inutile d'introduire ma mère dans la conversation pour ma première soirée chez Aline. Je m'abstins donc de toute remarque.

Je ne sais pas quand Youki se calma. Je sais seulement qu'après un moment, je dus me concentrer sur ce que je faisais et j'oubliai la peluche surexcitée qui nous avait accueillis.

Aline nous avait préparé un tilleul-menthe. Assis côte à côte sur son petit canapé futon, nous bûmes nos tisanes dans un silence gêné. Au-dessus de nos têtes était accroché *Le Baiser de l'Hôtel de Ville* de Robert Doisneau, et j'eus, un bref instant, sous cette image éculée, le sentiment d'attendre mon tour dans un cabinet médical. Face à nous, au-dessus d'un petit téléviseur, se trouvait un pêle-mêle dans lequel étaient rassemblées des photos de Youki à différents stades de son évolution. L'éclairage tamisé fourni par une guirlande lumineuse et une lampe de table achetées toutes deux chez Ikea donnait au rose tendre des murs un aspect de guimauve en train de fondre. Aline se pencha devant moi pour atteindre la chaîne hi-fi et mettre de la musique, prétexte évident pour s'allonger sur mes genoux. Les premières notes de la *Cinquième Symphonie* de

Beethoven retentirent. Il s'agissait là d'une version que je ne connaissais pas : le disco remix des plus grands chefs-d'œuvre de la musique classique comme l'indiquait la jaquette du CD. J'avais déjà souffert lorsque j'étais plus jeune des méfaits du Rondò Veneziano sur la musique baroque italienne, formation que mon père trouvait formidable et dont la modernité sereine convenait parfaitement selon lui aux balades dominicales en voiture le long de la Garonne. Devant mon air quelque peu surpris, Aline me demanda si j'aimais Beethoven. Je me contentai d'une moue silencieuse pour toute réponse.

— Peut-être une autre alors, reprit-elle. C'est vrai que tout n'est pas bon dans Beethoven.

Elle se pencha de nouveau pour changer de morceau. Cette fois-ci, je sentis ses seins sur mes cuisses. C'était plus qu'il n'en fallait pour provoquer mon érection. Je crois qu'elle avait mis une version rock de *Così fan tutte*, à moins que ce ne fût l'intégrale du concert de Woodstock mixée avec l'*Adagio* d'Albinoni, je ne sais plus. Nous nous déshabillâmes l'un l'autre, à demi empêtrés dans nos manches de pull-over. Je fis glisser sa jupe sur ses hanches. Elle déboutonna mon jean, le fit descendre avec ses pieds le long de mes jambes avec une maîtrise d'experte, et je me retrouvai, en slip, avec le pantalon tirebouchonné, coincé par mes chaussures. J'aurais dû commencer par là, bien sûr.

Puis je fus nu. Elle aussi. Elle était allongée sur le canapé. J'étais à genoux sur le tapis, un Helsingør en pure laine vierge et tissé main que j'avais moi-même repéré chez Ikea mais que je n'avais pu acheter vu l'étroitesse de mon appartement. Penché sur son corps, magnifique, doux, soyeux, je l'embrassai délicatement en lui caressant les seins. Elle ondulait, féline, sous mes doigts. La nuit était à nous.

C'est alors que je fus surpris de sentir un élément froid et humide entrer en contact avec mon anus à découvert. Youki n'était pas malade, je pouvais l'attester. Je tentai de repousser discrètement le chien du talon mais la bête était têtue et revint à la charge. Je dus lancer le pied un peu trop fort la deuxième fois car Youki fit entendre un long aboiement suraigu. Ce geste, s'il eut le mérite de convaincre l'animal de cesser sur-le-champ ses attentions à mon encontre, éloigna aussi ma compagne de la pâmoison de plaisir vers laquelle elle se dirigeait pour l'amener, toutes affaires cessantes, au chevet du yorkshire blessé. Heureusement, Youki n'avait rien, plus de peur que de mal, et termina la nuit enfermé dans la cuisine. Aline revint et, consciente de la rupture du charme qui venait de se produire, éteignit la lumière afin de retrouver plus facilement notre intimité. Le noir était complet. Elle me prit la main et m'entraîna vers la chambre. « Laisse-toi guider » me dit-elle. Je me laissai emporter volontiers dans ce jeu érotique. Habituée à la topographie des lieux, Aline contourna l'angle formé par le mur du couloir qui menait à la chambre. Je ne pouvais deviner la configuration de l'appartement, mais je réalisai aisément l'existence de cet angle au moment où mon visage le rencontra.

Je me réveillai le lendemain avec un œil au beurre noir digne d'un boxeur maladroit qui se serait cogné à son tabouret en regagnant son coin. J'avais en effet un hématome rectiligne qui me barrait le côté gauche du visage, preuve de la violence du choc. Malgré tous les soins prodigués par Aline – gant de toilette humide, onguent et tendres baisers – j'arborais une tête à demi gonflée par un coquard d'une couleur violette tirant sur le jaune en périphérie. Mais je me sentais bien. Je sortais de cette nuit comblé. J'avais le sentiment que le monde s'offrait à moi, que la chance avait tourné, qu'aucun obstacle ne viendrait empêcher mon ascension.

Et, en effet, une surprise m'attendait dans les jours qui suivirent. Les courriers que j'avais envoyés quelques semaines auparavant portaient enfin leurs fruits. Le consulat de France à Iakoutsk me demandait d'accueillir une délégation officielle.

Iakoutsk est la capitale de la Iakoutie. La Iakoutie, plus connue sous le nom de République de Sakha, se situe dans le nord-est de la Sibérie. C'est un immense territoire de plus de trois millions de kilomètres carrés, avec une densité de population très basse, et dont le sous-sol abonde en matières premières : pétrole, gaz, diamant, or… Son PIB est donc très élevé. Ces quelques informations indiquées dans l'ordre de mission faxé par mes collègues d'Iakoutsk soulignaient l'importance de cette délégation. Il y avait des enjeux économiques de poids derrière cela et les meilleurs égards devaient être réservés aux quelques hauts responsables iakoutes qui venaient en France à l'occasion de ce voyage.

J'informai Boutinot de cette demande. Il ne s'étonna pas de cette soudaine reprise de l'activité et se contenta de me demander si j'avais besoin d'un appui logistique pour cette opération, appui pour lequel il était prêt à faire jouer les siens auprès de l'état-major. Je déclinai l'offre. Les affaires de notre cher directeur de section n'allaient pas s'améliorant.

La délégation iakoute séjournait dans un hôtel du centre de Paris, sur le boulevard Saint-Michel. Ma mission était simple. Je devais suivre cette délégation d'une quarantaine de personnes dans ses déplacements dont les objectifs étaient touristiques : le château de Versailles, le musée du Louvre, la tour Eiffel… Ce programme avait des airs de voyage scolaire de fin d'année, hormis le fait que je n'allais pas, cette fois-ci, partager les bêtises de la banquette arrière avec mes camarades, ni subir la comparaison des sachets pique-nique préparés par nos mères. À ces activités culturelles organisées pour nos invités iakoutes s'ajoutaient une demi-journée à Eurodisney, quelques heures de shopping dans les grands magasins du boulevard Haussmann et une découverte de la gastronomie française. La durée de leur séjour était brève, trois jours seulement, au terme desquels la délégation devait assister à un discours du secrétaire d'État chargé du commerce extérieur. Rien d'insurmontable a priori.

Cependant, j'eus la mauvaise surprise, pour commencer, de découvrir, lors de l'arrivée dans le hall de l'hôtel de la délégation iakoute, qu'aucun des membres du groupe ne parlait le français ni l'anglais. Je dus réclamer auprès du ministère l'intervention en urgence d'un interprète. Je m'en voulais d'avoir oublié ce détail d'organisation qui révélait mon manque d'expérience. En attendant l'interprète, je tentai de convaincre comme je le pouvais les membres de la délégation de se couvrir davantage pour sortir. Nous étions à la fin du mois d'octobre et les huit degrés de température extérieure qui régnaient sur la capitale, un froid précoce et inhabituel, suggéraient une tenue vestimentaire plus chaude que les T-shirts pour touristes sérigraphiés « I love Paris » qu'ils portaient. Mais malgré mes explications par gestes, qui n'avaient guère gagné en efficacité depuis l'épisode du pigeon, ils se contentaient de sourire en attendant de monter dans le bus qui stationnait devant l'hôtel. L'interprète à son arrivée m'éclaira sans tarder :

— Il fait moins quarante en moyenne là-bas. Huit degrés pour eux, c'est l'été.

Mon nombrilisme occidental m'avait aveuglé. Il était temps pour moi de renouveler mon abonnement à *Géo*.

Nous fîmes monter les Iakoutes dans le bus. J'en profitai pour demander à l'interprète d'autres informations sur ce pays, nouveau pour moi malgré mes années d'explorations sur papier. Il me confirma les informations succinctes transmises par mes collègues.

— Sont-ils nombreux, ces Iakoutes ? lui demandai-je. J'ai lu qu'il y avait une faible densité de population là-bas.

— Combien sont-ils dans cette délégation ?

— Ils sont quarante-deux, lui précisai-je.

— Alors, je crois qu'ils sont tous là…

Toute la partie touristique du séjour se déroula sans encombres. Les Iakoutes s'étaient photographiés devant tous les monuments, souriant du matin au soir, heureux de se trouver à Paris. Certains avaient passé leurs journées l'œil rivé sur le petit écran de contrôle de leur appareil numérique, sans jamais admirer de leurs yeux les sites visités. À la fin du troisième jour, le bus nous conduisit au ministère de l'Économie afin d'assister au discours du secrétaire d'État chargé du commerce extérieur. J'étais très satisfait du développement de la mission. J'imaginais déjà les termes dans lesquels j'allais rédiger mon compte rendu et ceux de la lettre de remerciements et de félicitations que n'allait pas manquer de m'adresser le consulat d'Iakoutsk.

À notre arrivée à Bercy, nous fûmes accueillis par le chef de cabinet du secrétaire d'État, qui nous orienta vers un salon dans lequel attendaient déjà quelques journalistes. Les Iakoutes s'installèrent et, disciplinés, coiffèrent tous leur casque dans l'attente de la traduction simultanée.

— Vous avez les dossiers de presse ? me demanda le chef de cabinet.

— Quels dossiers de presse ? demandai-je à mon tour.

— Nous vous les avons transmis par e-mail ce matin pour validation, ajout de vos documents et impression.

— Mais je ne suis pas passé à mon bureau depuis trois jours. Vous saviez bien que j'accompagnais la délégation dans tous ses déplacements et que...

Le chef de cabinet me coupa sèchement la parole et me colla dans les mains une chemise cartonnée qui contenait le discours de son secrétaire d'État.

— Filez dans le hall d'accueil. Sur votre droite, il y a le bureau des huissiers : ils ont un photocopieur. Faites une dizaine de copies du discours. On aura au moins ça à donner aux journalistes.

Je m'exécutai sans mot dire. Je savais qu'il valait mieux faire profil bas devant ce genre de hauts fonctionnaires pète-sec. Alors que j'étais sur le pas de la porte, il m'interpella de nouveau.

— Et dépêchez-vous. C'est l'exemplaire qui doit servir au secrétaire d'État que je vous ai donné. Il sera là dans cinq minutes.

J'engageai la liasse dans le bac du photocopieur destiné à cet usage, sélectionnai le nombre de copies et appuyai sur le bouton vert. Tout cela ne prendrait pas trois minutes. J'étais en train de me dire qu'il était quand même plus pratique d'installer des copieurs en libre-service plutôt que des appareils à code tel celui qui équipait la section, lorsqu'un message d'erreur s'afficha sur l'écran de contrôle : « Bourrage papier : retirer les originaux puis les remettre dans le bac dans l'ordre initial. » Un sentiment de panique commençait à me gagner mais je tentai de le contenir. Sur l'écran, une flèche indiquait l'endroit où s'était produit le bourrage. Il me suffisait de suivre les instructions. J'ouvris le capot latéral du copieur et constatai que trois feuilles s'étaient coincées dans une sorte de mécanisme à rouleaux. Je retirai non sans quelques difficultés les originaux coincés, les posai sur le copieur, récupérai ceux qui étaient encore dans le bac, les posai sur le copieur aussi, et levai le capot supérieur de la machine pour récupérer la feuille qui se trouvait sur la vitre afin de pouvoir tout rassembler dans l'ordre. Et c'est en soulevant ce capot que je fis glisser les feuilles entre le mur et le photocopieur. La transpiration me gagnait. Si seulement Aline s'était trouvée à mes côtés je n'en serais sans doute pas là. J'avais envie de crier son nom. Je récupérai la liasse désordonnée tant bien que mal et constatai avec effroi que les pages n'étaient pas numérotées. Plus de cinq minutes s'étaient déjà écoulées depuis que j'avais quitté le salon dans lequel devait se tenir la conférence. J'imaginais le secrétaire d'État qui s'impatientait à la tribune dans l'attente de son texte. Je craignais par ailleurs que le chef de cabinet ne débarquât pour constater mon inaptitude à gérer une tâche aussi simple que celle qui consistait à réaliser un jeu de photocopies.

Il y avait une quinzaine de pages. J'isolai aisément le début et la fin du discours. Dans la panique, le reste me semblait plus confus et j'avais du mal à retrouver l'enchaînement des phrases d'une page à l'autre. Pressé par le temps, je finis par remettre les feuilles dans le bac en espérant n'avoir pas trop bouleversé leur ordre et relançai le travail. Deux minutes après, j'avais mes dix copies du discours et je regagnai le salon où tout le monde m'attendait. Le secrétaire d'État était là qui discutait avec son chef de cabinet. Ce dernier vint à ma rencontre en me lançant un regard furibard.

— Bon sang ! Mais que faisiez-vous ?

Il m'arracha le discours des mains sans attendre mes explications puis le remit au secrétaire d'État qui s'installa devant son pupitre pour commencer enfin son allocution :

« Mesdames, Messieurs, chers amis iakoutes,

Un célèbre économiste français, le professeur Paindorge, auteur d'un ouvrage sur la globalisation et les délocalisations, a posé clairement le problème des pays développés. Pour être compétitif, il n'y a que deux logiques de base : la logique de coût, d'une part, et la logique d'innovation, d'autre part. Les deux logiques ne s'excluent pas.

À cela j'ajouterai... »

Il poursuivit. J'écoutais, angoissé, dans l'attente du deuxième feuillet.

« ... cette entreprise doit supporter des coûts liés aux taux de change, aux coûts de... »

Il tourna la page.

« ... l'amitié entre nos deux pays est une base solide à cet essor des échanges... »

Non, le mélange des pages ne passerait pas inaperçu. L'interprète restitua les mots prononcés avec fidélité et l'assistance, peu concentrée jusque-là, leva la tête, étonnée. Le chef de cabinet se tourna vers moi, les sourcils froncés. Mes heures étaient comptées.

Le secrétaire d'État poursuivit sa lecture sans se départir.

« … Dans le domaine des énergies renouvelables, le système et les mécanismes d'aide ont été fondamentalement réformés à la suite d'une étude… »

Changement de page : je rentrai la tête dans les épaules.

« …. sur les échanges culturels susceptibles d'être mis en place entre nos deux pays et les échanges touristiques que ceux-ci impliqueront. »

Les Iakoutes riaient de bon cœur à chaque nouvelle incohérence dans l'allocution du secrétaire d'État. Certains même applaudissaient. C'était pour moi une catastrophe. Je venais d'assurer trois journées de travail irréprochable avec la délégation iakoute et cette histoire de discours mal photocopié, tâche qui ne relevait pas de mes attributions mais de celles d'un agent administratif affecté au service du cabinet du secrétaire d'État, venait tout gâcher. Au regard des textes qui régissent la fonction publique d'État, je ne risquais aucune sanction disciplinaire, mais se mettre à dos un chef de cabinet, et probablement un secrétaire d'État, fussent-ils d'un autre ministère, n'était pas le meilleur moyen de débuter sa carrière. J'attendis, résigné, la fin du discours, pour récupérer la délégation dont certains membres étaient encore hilares en montant dans le bus pour l'aéroport. Le départ était prévu à 20 h 47.

Le soir, je retrouvai Aline et lui racontai mes mésaventures, du bourrage de la photocopieuse – épisode auquel elle apporta quelques commentaires techniques sensés mais qui ne furent d'aucun réconfort – jusqu'à la séparation d'avec le chef du cabinet qui me siffla un « je m'occuperai de votre cas personnellement » avant de rejoindre son secrétaire d'État courroucé qui lui demandait une explication immédiate dans son bureau sur ce qui venait de se produire. Il allait se faire remonter les bretelles, mais si celles-ci devaient lâcher, nul doute que ce serait sur mon visage qu'elles viendraient claquer.

Chapitre VI

J'appris par les journaux le limogeage du chef de cabinet du secrétaire d'État en charge du commerce extérieur. Bien sûr, il ne fut pas envoyé à Limoges comme le maréchal Joffre en avait instauré la coutume avec les officiers qu'il relevait de leur commandement, usage qui a sans doute fortement influencé la perception que peuvent avoir les Français de la capitale limousine. Pour ma part, la représentation que j'ai pu me faire de cette ville et de sa campagne environnante s'est construite à travers les nombreuses visites rendues à mes grands-parents qui vivaient en Haute-Vienne. Mon père est né dans un trou perdu de la région, Chéronnac, village dans lequel, et c'est là pour lui une fierté que je ne m'explique pas, la Charente prend sa source. Plusieurs fois, mon père nous y mena, comme en pèlerinage, pour nous montrer l'école communale dans la cour de laquelle, plus jeune, il avait joué, les genoux rougis par le froid car de son temps on allait en culottes courtes hiver comme été – les shorts étaient encore des vêtements de loisir pour gens aisés. Il nous montra aussi la Tardoire, rivière dans laquelle il pêchait des truites magnifiques mais dans laquelle aujourd'hui on serait bien en peine de trouver quelques ablettes avec toutes les cochonneries qu'ils nous balancent – mon père ne précisait jamais qui étaient visés par ce *ils*. Et nous découvrîmes la maison dans laquelle il avait vu le jour, une ferme abandonnée depuis que ses parents, participant à l'exode rural, étaient montés s'installer en ville en 1961, à Limoges, abandonnant la petite exploitation agricole qui leur avait été transmise par héritage pour travailler dans les fabriques de porcelaine Bernardaud. Et chaque fois qu'on entendait le jingle publicitaire « Bernardaud, porcelaine de Limoges » chanté dans le téléviseur, mon père me disait, non sans un certain orgueil teinté de chauvinisme régional : « Ce sont tes grands-parents qui les fabriquent, ces assiettes. » Il va sans dire que pour les grandes occasions nous mangions dans du Limoges de chez Bernardaud, alors que nous nous contentions de l'indestructible Arcopal le reste du temps. Mon père avait d'ailleurs constitué tout un service à café en Arcopal blanc à motif orange et marron grâce aux points cumulés en faisant le plein d'essence de la Renault 12 familiale chez Esso. Combien de tasses et combien de soucoupes devons-nous à ces allers-retours entre la Gironde et la Haute-Vienne ? Je ne saurais le dire.

Ces expéditions n'étaient cependant pas les seules occasions d'évoquer l'enfance de mon père.

Il y avait aussi les interminables déjeuners de famille au cours desquels mon père et ses cousins – jamais les mêmes car il y a dans notre famille une quantité astronomique de cousins plus éloignés les uns que les autres qui viennent tous de Chéronnac ou de ses environs – se remémoraient la belle époque de la communale, des culottes courtes et des truites de la Tardoire. Bien entendu, lors de la visite de ces cousins ou amis, ma mère m'imposait, afin de prouver ma bonne éducation, d'assister à l'intégralité du repas tout en écoutant sans avoir l'air de m'ennuyer les discussions des adultes qui exhumaient leurs souvenirs. Je n'intervenais que lorsqu'une grande personne s'adressait à moi. Le reste du temps, je me réfugiais dans les motifs très contemporains du papier peint de la salle à manger, des lignes marron, beiges, brunes et orange, qui s'entrelaçaient tel un circuit labyrinthique sur lequel, à l'occasion, je faisais circuler mes petites voitures, au désespoir de mon père, un homme pragmatique et terre à terre, qui me disait qu'une voiture roulait sur le sol, à l'horizontale, et qui me demandait de jouer sur le carrelage, de larges dalles beige uni qui ne m'évoquaient pas grand-chose, tout au plus un désert, mais sans relief et peu propice à l'évasion.

Le chef de cabinet du secrétaire d'État en charge du commerce extérieur ne fut donc pas envoyé à Limoges mais nommé, selon le principe officieux de la promotion-sanction, à des fonctions mieux rétribuées dans une autre administration. Cette décision était due, non pas à l'erreur dont j'étais responsable, qui aurait pu être oubliée assez rapidement, mais à un article paru au lendemain de la conférence de presse dans un journal satirique qui ridiculisait le secrétaire d'État, lequel fit tomber une tête, celle de son chef de cabinet, la suivante dans cette affaire, la mienne, étant dans un autre ministère et, ainsi, hors de sa portée.

Il me fut par conséquent impossible d'occulter cet incident dans mon rapport de mission, mais le chef de cabinet n'étant plus là, je n'hésitai pas à le désigner comme responsable. Je reçus quelques jours plus tard les félicitations du consul de France à Iakoutsk, lequel précisait dans son courrier que la délégation avait particulièrement apprécié le spectacle comique qui avait clôturé le séjour. Je fis suivre une copie de ce courrier à Boutinot ainsi qu'au responsable du bureau des pays en voie de création, dont nous dépendions. Initiative heureuse. Quelques semaines plus tard, ce même responsable me sollicitait pour une opération en Géorgie. Ainsi, j'obtins ma première mission diplomatique à l'étranger.

D'aucuns penseront sans doute qu'il était un peu précipité de me confier une telle responsabilité hors du territoire. Mais il ne s'agissait là que d'une mission de représentation pour ne pas dire de figuration. Le retour inattendu dans notre section d'une certaine capacité à assurer les fonctions pour lesquelles elle avait été créée avant de devenir un placard avait incité notre responsable à me solliciter. Il n'y avait cependant aucune gloire à attendre de cette mission. Tout au plus pouvais-je l'envisager comme un examen de mes compétences.

Les représentants des Meskhètes, population musulmane déportée de Géorgie par le pouvoir soviétique après la Seconde Guerre mondiale et jamais réhabilitée depuis, organisaient une réception dans un grand hôtel de Tbilissi à laquelle étaient conviés les responsables diplomatiques des pays ayant une représentation dans la capitale géorgienne. L'objectif de cette réception était de faire pression sur le gouvernement géorgien afin que la question de la réhabilitation et des modalités du retour en Géorgie de ce peuple dispersé dans toute l'ex-Union soviétique fût abordée au Parlement. Tous les pays avaient répondu présents à l'invitation, sans risque de conflit diplomatique majeur avec la Géorgie puisque, dans les conditions de son intégration au Conseil de l'Europe en 1999 figurait la résolution de ce problème avant 2011. La diaspora meskhète était estimée à près de 100 000 personnes, et la France souhaitait afficher son soutien à ceux qui seraient probablement, dans les années à venir, une force politique importante en Géorgie, pays à la position stratégique en matière d'acheminement vers l'Europe du gaz et du pétrole exploités dans cette région. Aussi notre ministre des Affaires étrangères avait-il exigé que la délégation française fût la plus nombreuse et la plus visible lors de cette soirée.

Mais avant d'en arriver à cette soirée, il me fallut préparer mon départ.

Pour commencer, j'annonçai la nouvelle à notre chef de section. Boutinot organisa sans délai une réunion dans son bureau à laquelle il convia l'ensemble de l'équipe. Nous nous retrouvâmes ainsi, Aline, Arlette, Marc, Philippe et moi-même, serrés les uns contre les autres, assis autour d'une petite table dans le bureau de Boutinot, sur laquelle ce dernier avait déroulé une carte de la Géorgie. Il nous fit alors un exposé sur la conquête du Caucase et sur les campagnes menées par les chefs militaires russes Alexeï Petrovitch Yermolov, Mikhaïl Semionovitch Vorontsov et Alexandre Bariatinsky. Tout cela était très intéressant et dura près d'une heure et demie. Le seul problème était que ce récit ne nous était d'aucune aide puisque ces campagnes s'étaient étalées sur toute la première moitié du XIXe siècle…

— Cette mission n'est pas un voyage d'agrément, conclut-il. Croyez-moi, cette région est une véritable pétaudière. Alors soyez prudent, Boully, je ne veux pas perdre un de mes meilleurs éléments.

Le cerveau de Boutinot, pourtant capable d'une telle conférence au débotté, semblait aller de mal en pis. Outre que je ne m'appelle pas Boully, certains signes alarmants renforçaient nos doutes. L'utilisation quasi exclusive de ses capacités cognitives à la mémorisation des événements belliqueux de l'histoire de l'humanité, son désir à peine contenu de repartir au combat, sa certitude d'être à la tête d'une unité opérationnelle d'intervention secrète rendaient Boutinot inapte aux missions qui étaient les nôtres. Nous avions tous pu le constater lors de cette réunion. Tous sauf Philippe qui s'empressa de mettre au propre les notes qu'il avait prises pendant l'exposé de Boutinot et qu'il classa dans le dossier étiqueté « Géorgie ». Un dossier beige.

Quelques heures avant mon départ, alors que j'étais en train de boucler ma valise, Aline eut la brillante idée de me téléphoner pour me demander si j'avais pensé à prendre un smoking. J'eus tout juste le temps de trouver un loueur et de passer à sa boutique récupérer la tenue de soirée. Sans Aline, je me serais sans doute couvert de ridicule à Tbilissi.

Elle m'accompagna à l'aéroport.

Quand le moment fut venu de nous séparer, Aline sortit de son sac à main une petite carte qu'elle glissa dans la poche intérieure de ma veste.

— Ceci te permettra de voyager sans te sentir coupable.

— Pourquoi devrais-je me sentir coupable ?

— Mais parce qu'un voyage en avion pollue beaucoup.

Je récupérai la mystérieuse carte. Elle portait au recto le nom d'une grande enseigne de magasins écoresponsables. Au verso était écrit ce message :

En brûlant du carburant, les avions émettent du CO_2 et contribuent au changement climatique. Pour compenser mes émissions de carbone, je participe, grâce à l'achat de cette carte, au financement d'un projet qui, quelque part dans le monde, réduit les émissions de CO_2 à la hauteur de mes propres rejets.

Remontant de quelque période oubliée de mon enfance, j'entendis la voix de mon père lorsque, suivant les conseils prodigués par les campagnes « anti-gaspi », il nous disait, alors que nous étions au cœur de l'hiver et que malgré nos pulls nous avions froid, « le chauffage à dix-sept, c'est bon pour la planète ». Bien sûr, il faisait toujours précéder cette sentence d'un « et en plus » : sa motivation première était d'ordre pécuniaire.

— Tu me rapporteras un cadeau, toi aussi ?

Cette petite question anodine n'était pas vraiment une question mais plutôt une recommandation déguisée.

Je me retrouvai ainsi avec deux souvenirs à rapporter de Géorgie : un cadeau pour Aline et un T-shirt pour Marc qui, bien entendu, à présent que j'étais au courant de sa mise en scène, me demandait de participer à sa pathétique combine.

Du bonheur à partir, j'en éprouvais, je dois l'admettre. La Géorgie figurait parmi les destinations qui avaient éveillé mon imagination autrefois, alors que je parcourais l'atlas offert par mon oncle Bertrand. La mer Noire, le Caucase, la ville de Tbilissi dont j'avais pu voir quelques photos dans *Géo* ; c'étaient ces endroits-là, parmi d'autres, qui avaient suscité ma vocation pour les affaires étrangères. Je rêvais depuis toujours de ces pays où le voyageur débarque avec une pointe d'angoisse à l'estomac à l'idée de découvrir des territoires inconnus et peut-être dangereux. Certes, il n'était pas formellement recommandé d'éviter la Géorgie, mais il était tout de même conseillé de ne pas se rendre dans certaines régions séparatistes telles l'Ossétie du Sud ou l'Abkhazie sur lesquelles le pouvoir central n'avait pas la main. En embarquant je m'imaginais sur un petit marché de Tbilissi, négociant une étole en soie précieuse pour Aline, achetant un T-shirt « I love Tbilissi » pour Marc et une icône de la Vierge du XIVe siècle – l'instabilité politique étant propice à la circulation clandestine des œuvres d'art et des objets précieux –, première pièce de la collection que je ne manquerais pas de constituer au cours des nombreux voyages que j'espérais accomplir tout au long de ma carrière.

Le vol, direct, dura trois heures, juste assez, à cause de la présence d'un groupe de retraités en partance pour la Riviera géorgienne, pour démythifier la destination de mon voyage. Mon voisin, repérable à la casquette bleu-blanc-rouge que le tour-operator avait offerte à chacun des membres, m'apprit qu'il retournait en Géorgie chaque année depuis son indépendance.

« Les hôtels y sont beaucoup moins chers qu'en Turquie, voyez-vous. »

Il me raconta aussi qu'ils avaient pris l'habitude, lui et sa femme, de partir chaque année dans un pays victime d'une catastrophe.

« Cela permet de bénéficier de prix très bas, précisa-t-il. Nous avons fait New York en 2001, Bali en 2002 et Madrid après les attentats de la gare d'Atocha. Sans oublier la Thaïlande, en 2006, juste après le tsunami. »

Je n'osai rien répondre. J'imaginais l'album des photos de vacances de mon interlocuteur. Lui ou elle souriant au milieu des décombres. Le monde était en solde. C'était la loi du marché adaptée à la découverte de la planète. Déjà Christophe Colomb n'avait découvert l'Amérique que parce qu'il cherchait une route plus économique pour atteindre les Indes.

« Et puis ce qu'il y a de bien, ajouta mon voisin, c'est qu'avec la mondialisation, on n'a plus besoin de s'adapter. On trouve tout partout. »

En quelques mots, le vieil homme avait anéanti la singularité de mon voyage. Les touristes envahissaient la planète avec l'exigence de ne pas subir de dépaysement trop prononcé. Et les programmes des agences de voyages respectaient leur désir en promettant toujours la même chose. Quel que soit l'endroit, elles déroulaient un argumentaire identique et formaté. Le voyage importait peu. Seule comptait la destination. Son nom même suffisait, sérigraphié sur un T-shirt. Les propos du retraité me furent confirmés lorsqu'en traversant la capitale géorgienne pour rejoindre les bureaux de l'ambassade, je notai la présence de presque toutes les grandes enseignes commerciales occidentales. J'avais l'impression d'être loin sans être ailleurs. Ma frustration était immense.

Le chauffeur de l'ambassade me conduisit directement au brief organisé par l'attaché culturel, homme à tout faire de l'ambassadeur. Je devais rencontrer Son Excellence le soir lors de l'événement organisé par l'association des Meskhètes rapatriés dirigée par les héritiers de Baratachvili, le leader historique de la cause meskhète. L'ambassade avait mobilisé toutes les forces françaises présentes à Tbilissi. Il y avait là le responsable de l'Alliance française, un investisseur hôtelier qui souhaitait s'implanter en Abkhazie, un chanteur de bal originaire de Castres qui faisait carrière sous le pseudonyme de Gilbert Gilbert sur Rustavi 2, la compagnie de radiodiffusion géorgienne indépendante, un officier des Nations Unies responsable de la MINUG (Mission des Nations Unies en Géorgie) et quelques autres personnes encore dont j'oubliai les raisons pour lesquelles elles se trouvaient en Géorgie.

Nous avions pour consigne de ne pas rester entre Français. Mobilité et amabilité étaient les deux mots d'ordre. Être vus et bien vus étaient nos objectifs. À cet effet, l'attaché culturel avait prévu une petite surprise en la personne de Gilbert Gilbert, véritable star locale d'après ce que je crus comprendre, et donc le meilleur de nos atouts, qui devait interpréter quelques standards de la chanson française en géorgien : *À bicyclette*, *Les Champs-Élysées*, *Ne me quitte pas*, *La Vie en rose* et, en final explosif, *Alexandrie Alexandra* qui devait, selon les mots de Gilbert Gilbert, « mettre le feu » dans l'assistance.

La soirée se déroulait dans l'un des salons du Sheraton Metechi Palace Hôtel, paquebot de béton posé en plein cœur du quartier historique de Tbilissi. Le taxi qui m'y conduisit contourna un vaste rond-point devant l'hôtel et vint stationner face à l'entrée principale. Un voiturier ouvrit la portière, m'invita à descendre puis, sur un ton peu amène, intima l'ordre de partir au chauffeur. Derrière, une limousine attendait qu'il libérât la place. Une jeune femme magnifique en descendit. Je m'écartai pour la laisser passer. Elle était vêtue d'une robe blanche dont le tissu délicat, finement brodé d'or, et d'évidence manufacturé par des mains expertes, laissait deviner son anatomie sans en dévoiler le détail. Sa chevelure d'un brun profond, ramenée en chignon vers le haut, mettait en valeur son visage au teint clair duquel se détachaient des yeux noirs hypnotiques, telles deux billes d'onyx, qui provoquèrent chez moi une immobilité instantanée. La main délicate qu'elle tendit au portier pour que celui-ci l'aidât à sortir de la limousine me rappela la fragilité des figurines de porcelaine qui trônaient sur le meuble bas du living-room de mes parents. Elles représentaient un couple du XVIIIᵉ siècle se promenant dans la campagne, elle, vêtue d'une robe panier qui mettait en valeur sa taille fine, laquelle était assurée par un corset qui participait par ailleurs au rehaussement du décolleté pigeonnant ; lui portait des culottes courtes par-dessus lesquelles venait une longue veste de brocart. De l'encolure dépassait un jabot blanc. Il était coiffé d'un tricorne et une paire de chaussures à boucle complétait sa tenue. Il arborait aussi une épée à la taille, mais celle-ci ne lui fut d'aucun secours quand, dans une reproduction d'un épisode de la Révolution française, je lançai Big Jim et Action Man à l'assaut du couple en goguette. Aujourd'hui encore on peut apercevoir les traces de la colle venue réparer l'outrage sur le bras du gentilhomme. L'ombrelle délicate dont la jeune femme protégeait sa carnation des effets du soleil est quant à elle remisée précieusement dans un des tiroirs du meuble bas, enveloppée dans un morceau de Sopalin, puisque jamais aucune colle ne parvint à fixer son frêle montant dans sa position d'origine.

— C'est Ilkinur, la petite-fille de Baratachvili, me glissa à l'oreille l'attaché culturel de l'ambassade qui venait d'arriver.

L'événement réunissait tout le gratin cosmopo-
lite et polyglotte de Tbilissi. Il y avait là une bonne
centaine de nationalités différentes, des voisins
turcs à l'ancien pouvoir central de Moscou, en passant par les Américains, la plupart des pays de
l'Union européenne, quelques nations du Proche
et Moyen-Orient, de l'Asie, bref, tous ceux qui
devaient se trouver là étaient là. La soirée était si
fréquentée qu'il était difficile de dire quel pays
était le mieux représenté. J'entendais parler
français un peu partout autour de moi, ce qui pouvait être le fruit de notre tactique de dispersion, de
noyautage des groupes, ou parce que par tradition
notre langue est le véhicule commun des discussions du milieu diplomatique.

Nous fendîmes l'assistance afin de rejoindre
l'ambassadeur qui, m'informa l'attaché culturel, se
tenait toujours à la droite du buffet, près de la pile
d'assiettes, position stratégique qui lui permettait
de saluer tout le monde. Sur le trajet, nous fîmes
halte plusieurs fois auprès de certains convives.
L'attaché culturel me présenta à l'ambassadeur du
Japon vêtu d'un impeccable smoking mais qui,
selon la tradition de son pays, se promenait en
chaussettes. Réalisant son erreur, il retournait au
vestiaire. Nous saluâmes ensuite une femme d'un
certain âge, ambassadrice d'un pays dont j'ai
oublié le nom et qui parlait avec un accent slave ou
balte. Pardonnez mon imprécision mais toute mon
attention était concentrée sur l'énorme poireau qui
ornait son menton et qu'une coiffure en chignon

volumineux tentait de dissimuler en créant un contraste, une disproportion entre l'avant et l'arrière de la tête. Peine perdue, l'appendice velu occupait le devant de la scène comme une meneuse de revue dans un spectacle de cabaret. Plus loin, l'attaché culturel s'arrêta pour saluer une créature de rêve à laquelle il ne me présenta pas. Elle portait une robe en cachemire. Tandis que l'attaché culturel lui parlait, elle inspira profondément et je pus admirer un instant la finesse du tricot et la souplesse de la maille. Nous rejoignîmes enfin l'ambassadeur qui comme prévu stationnait, tel un majordome, à la droite du buffet.

L'attaché culturel me présenta à l'ambassadeur. Ce dernier s'inquiétait car il n'avait pas l'impression que notre délégation répondît aux exigences du Quai d'Orsay.

— Soyez rassuré, Excellence, nous avons notre arme secrète : Gilbert Gilbert. Il devrait arriver dans quelques minutes, ajouta-t-il en regardant sa montre.

L'ambassadeur eut une moue dubitative, puis il s'adressa soudain à moi.

— Savez-vous danser, jeune homme ?

J'eus alors la vision de ma personne dans les miroirs d'une boîte de nuit, essayant de coordonner quelques gesticulations maladives et désordonnées avec les rythmes syncopés d'une musique dance.

— Dans cette frivole carrière qu'est la nôtre, poursuivit-il, danser n'est sans doute pas le plus sûr moyen d'avancer, voyez-vous, mais cependant c'est une qualité incontournable pour réussir. Je donne de nombreux bals à l'ambassade mais je déplore de n'avoir dans mon équipe aucun conducteur de cotillons digne de ce nom.

Il jeta à cette occasion un regard sévère à l'attaché culturel qui baissa les yeux vers le bout de ses chaussures.

— Si vous aviez ces qualités, je pourrais vous faire venir à Tbilissi.

C'était là pour moi une occasion inespérée.

— J'ai ma foi quelques notions que je dois à l'obstination de ma mère qui tenait à ce que je sois capable d'inviter une femme à danser sans me limiter aux slows.

— J'espère que vous lui en êtes d'une grande reconnaissance. Vous savez, j'avais deviné que vous saviez danser. À votre port de tête. Vous avez cette raideur dans les épaules propre aux grands danseurs de salon.

Je ne lui avouai pas la véritable origine de cette rigidité.

— Suivez-moi, reprit-il, je vais vous présenter mon épouse. Elle adore danser et elle se fera une joie de danser avec vous.

Je n'avais bien entendu pas anticipé cette situation et je fus pris de panique à l'idée d'écraser les pieds de l'épouse de Son Excellence. J'essayai de me remémorer quelques vagues leçons de paso doble dont j'allais devoir adapter les pas au rythme à trois temps de la valse. En la matière, mon

122

expérience se limitait à une publicité pour des desserts lactés nappés de crème fouettée, les Viennois de Chambourcy. J'angoissai, hésitai à fuir dans l'autre sens, à me fondre dans l'aréopage international grouillant autour de nous, laissant mon ambassadeur fendre seul l'assistance en direction de sa chère et tendre, mais je me raisonnai. Tout au plus, je risquais de passer pour un piètre danseur.

Quelques minutes plus tard, après de brèves présentations, je me retrouvai face à l'épouse de l'ambassadeur, attendant les premières mesures d'une valse, ne sachant même pas s'il fallait partir du pied droit ou du pied gauche. Mais Gilbert Gilbert vint à mon secours. Il venait de prendre la main sur la soirée et faisait son apparition dans un happening surprise : black out suivi des premières notes de *Ne me quitte pas*. La voix du chanteur monta, et soudain un cône de lumière descendant d'une poursuite éclaira le centre de la scène sur laquelle se trouvait l'artiste dans un costume blanc au col rehaussé de strass. L'homme avait l'art de la mise en scène. Je trouvai cela un peu exagéré, mais de toute évidence, à en juger par les applaudissements, le public était comblé.

Gilbert Gilbert enchaîna ses chansons. Entendre *Les Champs-Élysées* ou *À bicyclette* en géorgien était une expérience intéressante. Mais ce n'était rien comparé au final que le chansonnier avait préparé. Comme prévu, le dernier morceau du récital devait être *Alexandrie Alexandra*. Avant de se lancer dans l'interprétation du tube de Claude François, Gilbert Gilbert fit une annonce :

— Chers amis, pour vous ce soir, j'ai voulu un final tout à fait particulier et grandiose. Vous connaissez tous bien sûr Claude François et ses Claudettes, eh bien, pour cette soirée spéciale, j'ai voulu pour vous, pour la première fois sur scène, Gilbert Gilbert et ses Burquettes ! S'il vous plaît ! Faites un accueil triomphal à ces quatre jeunes Meskhètes ! Applaudissez-les !

Quatre jeunes filles firent leur entrée sur scène, vêtues de burqas à paillettes fendues sur le côté droit, libérant ainsi la jambe pour faciliter la chorégraphie. L'accueil fut enthousiaste et l'assistance se mit à danser en rythme sur le refrain, *les lumières du phare d'Alexandrie, chantent encore la même mélodie, wowowow*. Mais tout ceci n'était pas du goût d'Ilkinur Baratachvili. Elle vint droit sur l'ambassadeur de France qui, gagné par le rythme de la musique, dansait avec la retenue qui sied à son rang, pour lui exprimer sa désapprobation à l'égard de ce spectacle ridicule. Un tel abaissement de l'image de la femme, reléguée ici au rôle de faire-valoir d'un chanteur clownesque, était inadmissible, tout comme l'était, de la part de la diplomatie française, cette méconnaissance de la culture meskhète. Si son peuple était musulman, jamais il n'avait versé dans le radicalisme. Les femmes meskhètes n'étaient pas contraintes au port de la burqa. Elle allait s'en plaindre au gouvernement français. Puis elle tourna les talons, laissant sur place l'ambassadeur pantois, et quitta la soirée tandis que les notes d'*Alexandrie Alexandra* résonnaient jusque dans le hall feutré de l'hôtel. Derrière elle, le gotha diplomatique de Tbilissi en liesse dansait à l'unisson une chorégraphie synchrone, comme si tout ce beau monde avait répété durant des semaines ce final magistral.

Chapitre VII

Puisque, à la suite de la soirée meskhète, je devais rester deux jours en Géorgie, l'attaché culturel insista pour me conduire jusque dans le nord du pays, en Ossétie, région qui méritait, selon lui, toutes les attentions de la diplomatie française. Séparatiste, l'Ossétie était, depuis l'indépendance de la Géorgie, sous l'influence des Russes, les seuls avec le pouvoir nicaraguayen à reconnaître son autonomie. Jamais le gouvernement central de Tbilissi n'y avait imposé une quelconque forme d'autorité.

— Ce n'est pas dangereux de se rendre là-bas ? demandai-je.

— Ça l'est pour les Géorgiens qui manifestent un peu trop leur désir de reprendre la main sur ce territoire. Mais nous ne risquons rien, nous sommes en mission diplomatique, même si chacun sait que la France soutient le gouvernement géorgien.

Je n'osai avouer à mon collègue que je préférais rester à Tbilissi. J'avais prévu de visiter la capitale géorgienne jusque dans ses moindres faubourgs dont je voulais écumer les marchés pour y dénicher la première pièce de ma collection d'antiquités. Je ne voyais pas en quoi l'Ossétie, qui jamais n'avait fait l'objet d'un reportage dans *Géo* méritait tant d'attention. Je ne lui dévoilai pas non plus que ces quarante-huit heures en Géorgie, à la suite de ma mission, étaient décomptées de mes jours de congés et que je n'avais pas prévu de les utiliser à des fins professionnelles. Je tentai de le dissuader, invoquant de nouveau le danger de se rendre dans cette région dévastée par les combats, qui échappait à la maîtrise des autorités géorgiennes et dont l'importance stratégique ne justifiait pas, à mon sens, que l'on y consacrât trop d'énergie. Galilée soutenant la thèse que la Terre n'était pas le centre de l'univers avait dû provoquer chez les représentants de l'Église la même réaction que celle que je pus lire sur le visage de l'attaché culturel.

— Vous pensez vraiment que les Russes se mettraient la communauté internationale à dos pour une région sans valeur stratégique ? Ne voyez-vous pas qu'au-delà de l'Ossétie se joue la légitimité des autorités géorgiennes sur les régions séparatistes du nord parmi lesquelles, je crains de devoir vous le rappeler, se trouve l'Abkhazie qui, parce qu'elle ouvre sur la mer Noire, représente des enjeux économiques de la plus haute importance ?

Jamais en effet je n'avais envisagé le problème sous un angle aussi vaste. Je ne pouvais cependant l'avouer à mon collègue.

— Ne vous emportez pas, je plaisantais. Je connais, bien sûr, les enjeux qui se cachent derrière la question ossète. Me prenez-vous pour un de ces diplomates mondains avec lesquels nous étions hier soir, et qui à l'évocation de cette région demande « Où c'est-y l'Ossétie » ?

Je soulignai ce jeu de mots d'un petit rire faussement détendu. Il en fut rassuré et nous partîmes séance tenante. Mon programme touristique tournait à la visite officielle car, bien entendu, l'attaché d'ambassade souhaitait qu'à la suite de cette expédition, je me fisse le porte-parole de son ambassade auprès du Quai d'Orsay.

Tskhinval, la capitale ossète, se trouvait à une cinquantaine de kilomètres de Tbilissi. Il ne nous faudrait guère plus d'une demi-journée, m'imaginai-je, pour effectuer cet aller-retour. C'était sans compter sur l'état désastreux des routes géorgiennes, lesquelles portaient les séquelles du conflit armé. L'expression « nid-de-poule » n'avait plus de sens ici ; « nid-d'autruche » eût sans aucun doute mieux convenu quand bien même la latitude ne s'y prêtait guère. Le slalom continu entre les trous de roquettes et les ornières dues au passage des véhicules blindés multipliait la distance par deux et le temps de parcours par dix. Mon collègue n'eût pas conduit plus lentement s'il avait voulu me laisser le temps de mémoriser l'emplacement de chaque arbre qui bordait la route.

Après trois heures de voyage, et alors que nous étions presque arrivés à destination, mon collègue bifurqua vers un petit chemin de terre, lequel, à l'évidence, nous écartait de la voie principale menant à Tskhinval. En effet, l'attaché me répondit que notre mission ne nous empêchait pas de faire un peu de tourisme. Il connaissait, à quelques kilomètres de là, une très jolie petite chapelle qui avait échappé aux destructions de l'ère soviétique. Il m'expliqua que les édifices religieux avaient servi à des usages divers, durant toutes ces années, de l'entrepôt à la salle de sport en passant par le garage à voitures. Que cette chapelle existât encore relevait du miracle.

Le bâtiment en question était minuscule et s'apparentait davantage à l'exercice brouillon d'un élève en architecture qu'à un véritable édifice religieux. Il ne mesurait pas plus de six ou sept mètres de long. Un clocheton en flèche surmontait son toit. Je ne voyais pas, hormis le cadre champêtre dans lequel elle se trouvait, qui n'était pas sans rappeler le Limousin de mes grands-parents, en quoi cette chapelle était remarquable. Nous l'observions sans rien dire. Mon collègue, semblait-il, me laissait apprécier en silence la beauté de ce joyau.

— N'est-ce pas formidable ? me demanda-t-il enfin.

— Magnifique, avançai-je prudemment, attendant quelques précisions sur ce qui justifiait son admiration.

— Oui, vraiment. C'est l'alliance parfaite des trois grands courants d'architecture qui ont fait la chrétienté. Là, l'ordre byzantin, dit-il en désignant une ouverture. Ici, le portail de style roman ; et bien sûr la flèche, modeste, mais incontestablement gothique. Sans doute l'un des premiers exemples de ce style.

Je ne voyais pour ma part qu'une construction hétéroclite sur le point de devenir une ruine.

— Va-t-on prendre des mesures pour sauver ce bâtiment ? demandai-je, essayant de paraître intéressé par la question.

— Malheureusement, personne ne semble se soucier du devenir de cette chapelle. C'est pourtant un édifice bâti au cours des dernières croisades car si vous regardez au-dessus du portail, vous pouvez voir…

Mais je ne sus jamais ce que mon collègue avait l'intention de me montrer, car de l'arrière de la chapelle venaient de surgir cinq soldats armés de kalachnikovs. Mon sang se glaça dans mes veines. J'avais lu à plusieurs reprises cette phrase dans des romans d'épouvante, et j'avais chaque fois trouvé cette expression excessive. Mais face aux canons des fusils mitrailleurs, je réalisai que la formule n'avait rien de surfait. Je trouvai cependant la force de parler et lâchai à l'attention de l'attaché d'ambassade :

— On est foutus, c'est des Tchétchènes. Ils vont nous prendre en otages.

— Mais qu'est-ce que vous racontez ? Que voulez-vous que des Tchétchènes viennent foutre ici ? Ce sont des soldats géorgiens en patrouille. Et baissez les mains, bon sang ! Ils vont finir par croire que nous avons quelque chose à nous reprocher.

Je m'exécutai tandis que l'attaché, reprenant son calme, engageait une discussion avec celui qui semblait être à la tête de l'escadron. Ils parlèrent quelques minutes en géorgien. Je patientai en portant mon attention sur les ornements du portail au-dessus duquel se trouvait une inscription latine que je n'étais pas en mesure de déchiffrer. Mon latin se limitait au premier cours d'initiation que je reçus en classe de cinquième. Ne voyant pas l'utilité d'apprendre les déclinaisons rébarbatives de cette langue morte, je portais mon regard vers les frondaisons des arbres dans la cour. Les *rosa, rosa, rosam, rosae*… résonnaient à mes oreilles comme une berceuse dont la mélodie s'accordait aux mouvements des feuilles pour constituer un tremplin solide à la rêverie. Était-ce cette sentence gravée dans la pierre que l'attaché souhaitait me signaler ? Je n'eus pas l'occasion de le lui demander car à peine eut-il terminé sa conversation avec le militaire, qu'il me demanda de regagner sans tarder notre véhicule. Des colonnes de blindés russes roulaient sur la capitale ossète, m'informat-il, et l'armée géorgienne veillait à évacuer les civils de la zone où nous nous trouvions. Je réalisai alors que sans cette chapelle oubliée, nous nous serions retrouvés au beau milieu des chars de l'armée russe. J'en aurais presque trouvé la foi.

Le voyage retour fut plus long encore. À l'état désastreux de la route s'ajoutèrent les points de contrôle mis en place par l'armée. Malgré l'immatriculation diplomatique qui nous dispensait des vérifications d'identité et des fouilles du véhicule, nous dûmes patienter dans des files qui s'allongeaient à chaque barrage. La journée touchait à sa fin lorsque nous arrivâmes à destination. L'attaché culturel insista pour se racheter. Il avait mauvaise conscience d'avoir gâché cette journée, ce qui n'était pas totalement vrai car elle avait permis d'enrichir mes connaissances sur la géostratégie locale. Notre lent retour s'était en effet transformé en un interminable cours magistral de politique étrangère. Le Caucase, du Daguestan à l'Ingouchie en passant par l'Azerbaïdjan, n'avait plus de secret pour moi. J'en connaissais tous les enjeux, tous les pièges, toutes les tensions, tous les conflits passés, et même ceux à venir. En descendant de la voiture, je me fis la promesse de ne jamais demander d'affectation dans cette région. La stabilité des pays scandinaves me semblait préférable.

— Je vais vous faire découvrir un de mes cafés préférés à Tbilissi. Nous pourrons y boire un verre au calme et nous remonter le moral après ce fiasco.

C'est un endroit très sophistiqué dans lequel ils servent des cocktails fabuleux. Je vous rassure, c'est une clientèle choisie, aucun risque d'y faire une mauvaise rencontre. Et c'est moi qui invite ! Si, si, j'insiste.

Ainsi me retrouvai-je installé dans un immense canapé en velours rouge, dans un salon aux murs tendus de toile pourpre.

— Je vous conseille leur margarita. Ils la servent dans des cubes de glace, ce qui oblige à la boire rapidement, précisa-t-il en appuyant sa phrase d'un clin d'œil.

Après avoir déposé nos cocktails sur la table, le serveur vint râper un cristal de sel au-dessus de nos boissons.

— C'est du sel qui vient de l'Himalaya, souligna l'attaché culturel. N'est-ce pas le comble du raffinement ? Ce matin nous fuyions la guerre et ce soir nous dégustons des cocktails subtils et délicats. C'est là tout le sel, si j'ose dire, de l'exil diplomatique, passer d'un extrême à l'autre au cours de la même journée.

En observant le serveur qui relevait mon cocktail de la pointe de sel sans doute la plus onéreuse de l'histoire de la brasserie, je me demandais combien de cartes de compensation Aline aurait achetées, si elle s'était trouvée à ma place, pour contrebalancer les tonnes de CO_2 émises pendant le transport de ces quelques grammes d'assaisonnement jusqu'à ce verre et pouvoir ainsi dormir la conscience tranquille.

Dormir n'était pas la question qui se posait. Les cubes de glace dans lesquels étaient servis nos margaritas fondaient à vue d'œil dans la chaleur confortable de ce bar de nuit, nous obligeant à une consommation expéditive, comme l'avait annoncé mon camarade. Très vite, notre taux d'alcoolémie nous fit oublier l'heure. La nuit était déjà très avancée quand l'attaché me déposa devant l'entrée de l'hôtel. Tandis que l'ascenseur me convoyait jusqu'à ma chambre, je me disais que la vie de diplomate, même dans un pays à risques, était très agréable. Il suffisait simplement de se tenir à l'écart des problèmes. Mais, pour l'heure, le seul qui m'était posé était d'atteindre mon lit quand tout autour de moi semblait s'être lancé dans une valse lente – je crus même voir passer l'épouse de l'ambassadeur. Je m'effondrai tout habillé sur le couvrelit, dans lequel je m'enroulai quand, grelottant, le froid me saisit au petit matin.

Chapitre VIII

Mon retour à Paris fut précipité. Un télé-
gramme transmis à mon attention par le bureau
des pays en voie de création était arrivé à l'ambassade durant la soirée que nous avions passée dans
le bar à cocktails.

Présence requise en urgence. Premier ministre
kirghize en visite à Paris. Organisation conférence
de presse par vos soins.

L'attaché culturel me conduisit à l'aéroport. Sa
secrétaire s'était chargée de modifier mon billet. Je
devais repartir par le vol de sept heures de Geor-
gian Airways. La gueule de bois et le manque de
sommeil affectaient tout autant l'expérimenté
diplomate que le fonctionnaire stagiaire. En
silence, nous fîmes le trajet jusqu'à l'aéroport.
Ainsi, je traversai Tbilissi dans le sens inverse du
chemin parcouru deux jours plus tôt avec le regret
de n'avoir rien vu de la destination de ma première mission diplomatique à part un hôtel, une

route défoncée, une chapelle perdue au milieu de nulle part et un bar à cocktails. Ces quelques détails suffisaient cependant à déflorer la destination. Les représentations que je pouvais avoir de la Géorgie avant ce voyage avaient disparu. L'image que j'en rapportais était parcellaire. À mes yeux, la Géorgie avait perdu sa virginité.

Dans la zone duty free, j'eus tout juste le temps d'acheter un T-shirt pour Marc et quelques souvenirs pour Aline. Trois heures plus tard, mon avion se posait sur le tarmac de l'aéroport de Roissy-Charles-de-Gaulle. Une migraine des plus sévères me taraudait le crâne. Malgré la douleur, je filai sans attendre au bureau et, après avoir avalé la moitié d'une boîte de paracétamol, enchaînai sur l'organisation de la conférence de presse du Premier ministre kirghize qui devait se tenir le lendemain matin.

Le budget dont je disposais pour organiser l'accueil des journalistes me permettait de louer le salon d'un grand palace parisien. J'optai pour Le Crillon dont la situation centrale me parut idéale. Mais ce n'était pas là que résidait la difficulté de l'organisation de cette conférence. Le plus délicat était de parvenir à intéresser les journalistes au discours qu'allait prononcer notre hôte. Je réquisitionnai toute l'équipe pour ce travail de persuasion et, pendus à nos téléphones durant tout l'après-midi, nous contactâmes tous les journalistes spécialistes des questions internationales, de la presse nationale d'abord, des quotidiens régionaux ensuite, les correspondants des journaux étrangers, de la radio, de la télé, les écoles de journalisme, les responsables des journaux des grandes écoles, tous et jusqu'au responsable de la moindre feuille de chou interne furent contactés. À dix-huit heures, nous n'avions aucune confirmation. Philippe, plein de bonne volonté, avait commencé à appeler les rédactions des organes spécialisés, *Moto Journal*, *Auto Plus*, *Guitare Magazine*, inventant chaque fois une bonne raison pour eux de venir : le Kirghizistan est un pays magnifique à visiter à moto, les plus belles pistes de 4 × 4 se trouvent au Kirghizistan, le festival de guitare de Tachkent est d'une renommée internationale... Je l'arrêtai. Tachkent était en Ouzbékistan et non au Kirghizistan dont la capitale était Bichkek. Il ne s'agissait pas non plus de passer pour des incompétents, voire des tocards. Nous étions tout de même les spécialistes de cette région. Mais malgré nos efforts, nos promesses, nos subterfuges, nos mensonges, nos supplications, nos harcèlements, nos danses du ventre, aucun journaliste ne nous assura de sa présence à la conférence de presse du Premier ministre kirghize. J'avais l'impression de me diriger droit vers l'échec comme le *Titanic* fonçait sur son iceberg, et c'est abattu que je quittai le bureau ce soir-là.

Aline le vit qui m'invita à dîner chez elle pour fêter mon retour après moins de quarante-huit heures de séparation.

— Ce n'est pas le temps qui compte, c'est la distance, affirma-t-elle.

Je n'avais rien à objecter à cela, aucun argument, aucune théorie. Je n'avais de plus rien contre une soirée en sa compagnie pour me réconforter des désagréments de cette journée. Je pouvais même dormir chez elle puisque, étant venu directement au bureau depuis l'aéroport, j'avais ma valise avec moi. Je n'avais par ailleurs aucune hâte de retrouver mon réduit sous les toits.

C'eût pu être une bonne soirée. Contrastant avec la journée qui venait de s'écouler, la douceur des baisers et des draps d'Aline se présentait comme un baume apaisant pour mon corps fatigué, pour mon esprit contrarié. Mais notre tête-à-tête aux chandelles autour d'une bouteille de bordeaux qu'Aline avait achetée pour célébrer nos premières retrouvailles vira à la soupe à la grimace quand, en ouvrant ma valise, je déballai les présents achetés à la hâte à l'aéroport de Tbilissi : une boîte de bastourma, spécialité géorgienne de viande fumée accompagnée de légumes au vinaigre, et une autre de khingalis, sorte de raviolis à la viande, autre spécialité locale. Aline regardait les deux boîtes de conserve posées sur la petite table devant le canapé comme s'il s'était agi d'urnes funéraires. Elle ne disait rien.

— Ce sont des spécialités géorgiennes, précisai-je.

J'essayai de lui expliquer qu'après mon départ dans l'urgence, je n'avais pas eu le temps de m'occuper de son cadeau comme je le voulais. Elle me répondit qu'elle savait très bien tout cela puisqu'elle avait été chargée de transmettre à l'ambassade de Tbilissi le message du chef du bureau. Elle trouvait quand même malheureux que dans la précipitation j'eusse choisi, en pensant à elle, des boîtes de conserve plutôt qu'un flacon de parfum détaxé.

— On dirait des cadeaux pour ta mère, déclara-t-elle.

Je ne pus que reconnaître la justesse de ses observations. S'ensuivit une longue discussion sur mon incapacité à couper le cordon ombilical, mon évidente recherche d'une mère de substitution dans la relation de couple. Je n'avais pas l'énergie pour contrer cette psychologie de bazar et j'essayai de couper court à ce raisonnement en l'amenant au plus vite à sa conclusion. J'abondai dans son sens en expliquant que ce voyage à Tbilissi avait sans doute été pour moi comme un deuxième départ de la maison parentale. Cette rupture avec la mère patrie et le déracinement qu'elle impliquait pouvaient expliquer ce choix étrange. Comme si inconsciemment j'avais voulu retrouver ma mère à mon retour. Pour autant je ne pouvais lui laisser dire qu'en elle j'en cherchais une autre. Celle que j'avais me suffisait bien. Je tentai ensuite de chasser la figure maternelle convoquée contre mon gré dans cette soirée romantique au demeurant en déviant le sillon tracé par mon analyste à la petite semaine. Je sentais la migraine revenir avec la tension que m'imposait cette discussion avec Aline. J'essayai de l'entraîner sur la question de l'angoisse de la mort que je pouvais parfois éprouver, afin d'écourter notre échange, voire de me faire plaindre et même consoler, mais cette piste fut, en partie, infructueuse. Elle me conseilla de ne pas sombrer dans les poncifs. La peur de la mort était pour elle inhérente aux êtres vivants, un sentiment inévitable. Tous les êtres vivants l'éprouvaient, elle la première, et même Youki. Le contraire eût été inquiétant, conclut-elle. La discussion s'arrêta là. C'était au moins ça de gagné.

Ce soir-là, je profitai de la douceur des draps d'Aline mais pas de celle de ses baisers. Youki dormit avec nous. On ne pouvait décemment l'enfermer dans la cuisine, seul avec son angoisse de la mort. Pauvre bête. C'eût été inhumain.

Aline et Youki ne tardèrent pas à s'endormir. Quant à moi, je restai éveillé, les yeux fixés au plafond éclairé par la faible lumière des réverbères qui filtrait à travers les rideaux. La présence du chien, à laquelle s'ajoutait l'angoisse de l'épreuve qui m'attendait le lendemain, m'empêchaient de dormir. Aline accordait trop d'importance à cet animal. Pour ma part, j'avais été guéri de tout attachement aux animaux depuis très longtemps. Depuis le jour où, alors que nous étions en week-end chez mes grands-parents, ma mère me pria de la rejoindre près des clapiers au fond du jardin où mon grand-père nous attendait. Dans une des cages se trouvaient deux lapins, un blanc et un noir, que j'avais nommés Bidibi et Panpan. Je les avais vus naître l'été précédent et leur rendais visite dès notre arrivée, chaque fois que nous séjournions à la campagne. Ma mère m'expliqua qu'une des femelles dans une autre cage venait d'avoir des petits et que mes grands-parents manqueraient bientôt de place. Il n'était plus possible de garder Bidibi et Panpan, du moins pas tous les deux. Ainsi, me retrouvai-je contraint à l'abomination de devoir choisir entre deux innocences. J'étais bien sûr incapable de me prononcer pour l'un ou pour l'autre, mais ma mère me pressa. Il était question de préparer le condamné pour le dîner.

— Alors ? Lequel ? me dit-elle.

Ma mère, devant mon silence, et sans doute aussi pour contredire mon père lorsque celui-ci affirmait qu'elle me couvait trop, dit à mon grand-père d'en prendre un au hasard. Celui-ci ouvrit la porte de la cage, saisit le lapin qui se trouvait à sa portée par les oreilles et se dirigea vers l'appentis sous lequel se déroulaient les exécutions et où ma grand-mère attendait patiemment sa future victime. Je restai pétrifié, sans voix, regardant disparaître la blancheur immaculée de Bidibi, victime du manque de place, martyr d'un simple dîner en famille. Tout tremblant, comme s'il avait su ce à quoi il venait d'échapper, Panpan restait blotti dans un coin au fond de la cage. Sa conscience et sa peur de la mort étaient manifestes. Je profitai que les adultes étaient occupés pour le libérer. Le soir venu, je prétextai un mal au ventre pour me coucher sans manger. Depuis, je m'interdisais toute intimité animale.

À l'inverse, Aline avait pour Youki une véritable passion. C'était d'ailleurs à cause de cet attachement exagéré qu'elle s'était retrouvée à la section Europe de l'Est et Sibérie. Aline s'était rendue un matin au ministère avec Youki, lequel étant malade ne pouvait, selon elle, rester seul à la maison. Le problème était que chaque fois que sa maîtresse s'absentait de son bureau, l'animal se mettait à hurler à la mort, ce qui eut pour effet d'exaspérer assez rapidement le chef de bureau d'Aline.

— Bon sang, mais qu'est-ce qu'il a ce chien ?

— Il est malade.

— Eh bien faites-le piquer et achetez-en un nouveau !

Cette remarque heurta Aline qui suggéra de piquer son supérieur plutôt que son chien. « Et bon débarras ! » ajouta-t-elle. Ce dernier apprécia peu la réplique. Aline fut sommée de rassembler ses effets personnels sur-le-champ. Le lendemain, elle rejoignait le front russe sous les ordres de Boutinot. C'était un sacrifice qui l'affectait peu à vrai dire. Elle n'avait pas mon ambition.

La conférence de presse du Premier ministre kirghize devait débuter à dix heures. J'arrivai sur les coups des neuf heures afin de vérifier que tout était bien en place. Les dossiers de presse avaient été livrés comme convenu avec le bureau de la communication ; je les disposai sur une table à l'entrée du salon. Il avait été entendu qu'Aline se chargerait de l'accueil. Nous avions une liste de douze noms de journalistes qui, devant notre insistance, avaient répondu qu'il était possible qu'ils vinssent si leur emploi du temps le leur permettait. Mais à un quart d'heure du début de la conférence aucun ne s'était présenté. Avec l'espoir d'apprendre que le Premier ministre kirghize aurait du retard, j'appelai l'attaché chargé de suivre la délégation dans ses déplacements mais celui-ci me confirma l'horaire d'arrivée. L'imminence de ma déconvenue se confirmait. Quinze minutes nous séparaient du début du discours que notre hôte allait prononcer devant une salle vide, ce qui ne manquerait pas de provoquer sa colère, colère qu'il exprimerait à coup sûr auprès de ma hiérarchie quand il pouvait le faire directement auprès de moi, mais non, mais non, un Premier ministre, même kirghize, ne s'adressait pas à un petit fonctionnaire et préférait ainsi stopper net l'ascension professionnelle que je venais à peine d'entamer. La panique me gagnait.

L'urgente nécessité étant souvent source d'inventivité, le péril qui se profilait me poussa à trouver une solution. Tandis que je sortais pour la vingtième fois en quatre minutes pour vérifier qu'un journaliste ne traînait pas sur le trottoir au lieu de se trouver à sa place, assis dans la salle de la conférence, étudiant le dossier qui lui était destiné et rédigeant les questions qu'il allait poser, j'eus, en constatant une fois de plus l'absence de ceux que j'avais invités, une idée salvatrice en regardant la rangée de limousines qui stationnaient devant l'hôtel Crillon. Les chauffeurs de ces véhicules discutaient, fumaient, bâillaient en attendant le retour de leur patron. Je les rassemblai et leur proposai d'assister à la conférence contre une petite rémunération discrète. Pas plus d'un quart d'heure, leur promis-je. Ils étaient là une bonne douzaine ; huit me suivirent volontiers. Je les installai dans la salle, leur donnai à chacun un dossier de presse et de quoi écrire, leur demandai de ne poser aucune question et croisai les doigts pour que personne ne s'aperçût du subterfuge.

Le Premier ministre kirghize fit son discours devant une quinzaine de personnes : huit chauffeurs de limousine, deux garçons d'hôtel, le reste du personnel de la section – Philippe, qui prit son rôle très au sérieux et posa une question au Premier ministre provoquant chez moi une montée d'angoisse, Marc affublé de son nouveau T-shirt « I love Tbilissi », Arlette et Aline ; Boutinot étant considéré comme imprévisible n'avait pas été mis dans la combine – et une jeune journaliste de La Chaîne Parlementaire qui n'avait eu qu'à traverser la place de la Concorde pour venir assister à la conférence. Celle-ci posa quelques questions au Premier ministre et personne ne se rendit compte de mon stratagème.

Ce n'est qu'au moment où l'assistance commença à quitter la salle que je crus mon heure venue. L'un des chauffeurs coiffa sa casquette qu'il avait remisée sous sa chaise et sortit ainsi couvert, passant devant la délégation kirghize et mes collègues du Quai d'Orsay. L'attaché vint alors vers moi sans tarder et je sentis mon corps se vider de sa substance, comme si quelqu'un avait ouvert la bonde. J'avais l'impression de me liquéfier sur les moquettes épaisses du Crillon.

— Combien y avait-il de vrais journalistes ? demanda-t-il.

Je sentis qu'il était vain de mentir.

— Un seul.

— Cela ne s'est pas vu. Mais avec le coup de la casquette, c'était moins une. Il y en avait aussi un avec « Paris limousines » brodé sur sa veste, ajouta-t-il, mais heureusement aucun membre de la délégation ne parlait français.

— Je suis désolé, j'ai pourtant passé la journée d'hier à appeler les journalistes…

— Ne vous excusez pas, vous avez parfaitement géré la situation. C'est exactement ce qu'il fallait faire. Tout le monde se contrefout de ce qui peut se passer au Kirghizistan. L'essentiel est d'avoir évité de froisser le Premier ministre.

L'attaché me salua et commença de partir à la suite de la délégation. Il revint alors vers moi et me dit :

— Dites-moi, cela vous plairait de travailler au bureau de la communication ? Nous avons besoin de jeunes gens comme vous, inventifs et capables de gérer les imprévus.

Je n'en croyais pas mes oreilles. Le saint patron des diplomates m'avait sans nul doute pris sous sa protection. Si mes premiers jours dans l'administration des Affaires étrangères avaient été marqués du sceau de la malchance, je devais reconnaître que, depuis, des vents favorables soufflaient sur ma carrière et favorisaient mon envol.

Chapitre IX

Durant mon enfance, je voyais chaque année Noël s'approcher avec une lenteur exaspérante. Cette fois, il vint sans prévenir. Pris dans le tourbillon de la vie parisienne, je n'avais pas vu filer les semaines. L'automne était passé inaperçu, se fondant avec discrétion en un été indien qui avait vu naître ma relation avec Aline et un froid précoce avec lequel était venue la délégation iakoute, événement qui avait marqué le début de mon retour en grâce.

Le 24 décembre, je rentrai à Bordeaux pour la première fois depuis l'été. J'étais dans l'attente d'une nouvelle affectation. Sur les conseils de l'attaché avec lequel j'avais collaboré pour l'accueil du Premier ministre kirghize, le chef du bureau de la communication avait signifié au chef du bureau des pays en voie de création sa volonté de me voir rejoindre son équipe. Mais la manœuvre traînait dans des procédures obsolètes et dénuées de sens, reliefs de temps révolus qui sentaient l'encre en bouteille et les ronds-de-cuir. J'espérais néanmoins une résolution imminente de ce problème.

Le train s'arrêta en gare de Bordeaux-Saint-Jean à 16 h 07 après trois heures de voyage. C'était exactement le temps qu'il m'avait fallu pour gagner Tbilissi depuis Paris quelques semaines auparavant. Bordeaux était aussi compliqué à rallier que la capitale géorgienne. Cet argument serait utile lorsque ma mère viendrait me reprocher de ne pas lui avoir rendu visite ces derniers mois.

Mon père vint seul pour m'accueillir. Alors que nous marchions d'un pas pressé vers la zone « arrêt minute » où, malgré l'interdiction, il avait laissé sa voiture, il m'expliqua que ma mère avait préféré rester à la maison et terminer quelques préparatifs pour le réveillon.

Dans la voiture, il m'annonça qu'il avait réaménagé ma chambre.

— Qu'entends-tu par « réaménager » ? Tu as changé les meubles de place ? demandai-je.

— Je l'ai transformée en bureau. Mais j'ai laissé ton lit dans un coin, comme un sofa, avec des coussins dessus. Tu pourras y dormir.

— Mais qu'est-ce que tu as fait de mes affaires ?

— Je les ai gardées, bien sûr. Elles sont rangées dans des boîtes sur les étagères du garage.

— Ma collection de *Géo* aussi ?

— Rassure-toi, je n'ai rien jeté. J'ai même fermé les boîtes avec du Scotch pour qu'elles ne prennent pas la poussière.

148

Je gardai le silence un moment, digérant la nouvelle. J'étais parti pour de bon et rien n'obligeait mes parents à conserver ma chambre dans l'état où je l'avais laissée. Il ne s'agissait pas d'un sanctuaire. Malgré tout, j'aurais apprécié un peu de répit, le temps d'admettre que je ne vivais plus ici.

Mon père stationna la voiture dans le garage pour la nuit. Je vis les cartons contenant les reliques de mon enfance remisés sur les étagères telles des urnes funéraires alignées sur les rayonnages d'un entrepôt des pompes funèbres. Je me remémorai la devise familiale en matière de rangement. Mes affaires avaient, semblait-il, enfin trouvé leur place dans cette maison. Je savais bien que l'idée de fouiller dans ces cartons pour en exhumer les souvenirs d'un temps révolu ne me viendrait pas avant longtemps ; peut-être même jamais. Restait à savoir combien d'années allaient s'écouler avant que mes parents ne prissent la décision de les convoyer à la décharge.

Je trouvai ma mère dans la cuisine. Elle portait un chemisier blanc que je ne lui avais jamais vu et un collier de perles que mon père lui avait offert pour leur dixième anniversaire de mariage et qu'elle arborait depuis à chaque grande occasion.

Elle m'embrassa, me serra dans ses bras, puis me demanda si mon père m'avait annoncé la nouvelle.

— Pour la chambre ?

Mon père me regarda d'un air embarrassé. Ma mère le dévisagea d'un air exaspéré :

— Tu ne lui as pas dit.

Puis s'adressant à moi :

— Ton père a perdu son travail. Nous te l'avons caché pour ne pas t'inquiéter. Tu as tellement de responsabilités au ministère.

Ma mère attendait une réaction de ma part. J'ignorais laquelle.

— Depuis quand ? demandai-je.

— Depuis une semaine, mais je l'ai appris il y a deux mois. C'est d'ailleurs pour ça, le bureau, crut bon de préciser mon père, pour travailler à la maison.

— Travailler à quoi ? intervint ma mère. Ils t'ont mis en préretraite. Tu n'as rien à faire à part classer les factures et vérifier les relevés de comptes.

La tension créée par ce récent bouleversement était évidente. Moi-même, je n'imaginais pas mon père sans travail. Congédié, il quittait la carrière sans gloire, par la petite porte. Contre toute attente, sa vie virait à l'échec. Je ne voyais pas davantage ma mère supporter sa présence constante à la maison. Vivre avec mon père avait été un lent apprentissage de la solitude. À présent qu'elle s'y était habituée, elle devait y renoncer.

Je les laissai seuls et filai dans ma chambre pour y déposer mes bagages. J'eus l'impression de pénétrer dans un lieu à la fois étranger et familier. La pièce me fit penser à mon bureau parisien. Seul le lit rappelait que ma chambre s'était trouvée là. Sur les étagères, des boîtes de rangement et des classeurs épais étiquetés « factures », « voiture » ou encore « retraite » – celui-ci était neuf – avaient remplacé ma collection de *Géo* et mes récits de voyages. Le bleu des murs avait laissé place à un beige anonyme, couleur que mon père préférait nommer « coquille d'œuf », sans doute pour signifier qu'il s'agissait pour lui d'un nouveau départ. Pour terminer, un imposant bureau métallique dont le plateau était recouvert d'un motif qui imitait les nervures du chêne trônait à l'endroit où se trouvait ma table de travail. Longtemps, ma chambre avait été l'unique pièce épargnée par la couleur marron. Quelques semaines avaient suffi à mon père pour coloniser cet espace.

Le dîner fut triste. Mes parents étaient heureux de me voir et le manifestaient en entretenant une conversation vaine dans laquelle je pouvais lire le seul désir de tromper leur angoisse face à cette nouvelle donne. Ils ne cessaient de me poser des questions sur ma vie parisienne que pourtant je leur avais maintes fois décrite au téléphone.

Nous n'échangeâmes les cadeaux que le lendemain matin. Une enveloppe m'attendait au pied du sapin. Elle contenait quelques formulaires complétés à mon nom. En haut de la première page était indiqué : « contrat d'assurance-vie ».

— Ton père et moi l'avons souscrit en ton nom en septembre dernier. Nous nous sommes dit que tu devais préparer ta retraite, à présent.

— C'est le meilleur produit du marché, précisa mon père. Tu peux me faire confiance, j'ai trente ans de métier derrière moi.

— Nous avons assuré les premiers versements, et nous avions l'intention de continuer durant toute la première année, mais tu comprendras qu'avec la situation de ton père, nous sommes obligés de réduire nos dépenses. Tu devras te charger des prochains versements.

— Ils ne sont que de cent soixante euros par mois. Rien de très méchant. Mais dis-toi que tu auras, un jour, un beau petit capital, ou une rente si tu le préfères, les deux options sont prévues par le contrat. Il te suffira de le signaler par courrier recommandé avec accusé de réception un mois au minimum avant la date à partir de laquelle tu décideras de mettre un terme à tes versements et donc de faire valoir ton droit de percevoir le revenu de tes placements. Bien sûr, s'il devait t'arriver malheur d'ici là, les bénéficiaires que tu auras désignés se verront transmettre par héritage les droits définis par le contrat. Pour l'instant, ta mère et moi en sommes les bénéficiaires mais dès que tu seras marié et que tu auras des enfants, tu pourras modifier ces dispositions.

En quelques mots, mon père venait de dérouler les quarante prochaines années de mon existence, comme si lui-même en avait écrit chaque épisode.

Le mariage, les enfants et, un jour, un beau petit capital ou une rente grâce à ce plan épargne retraite. Je n'avais pas trente ans et ne voyais pas l'utilité de sacrifier dix pour cent de mon salaire chaque mois. Je les remerciai pourtant et les rassurai quant au bon usage de cette assurance-vie.

À mon tour, je leur offris mes présents. Mon père ouvrit son paquet dans lequel se trouvait une cravate, accessoire superflu maintenant qu'il ne travaillait plus. Il sourit tristement en me disant que c'était une très belle cravate et qu'il la garderait pour mes noces. Pour ma mère, j'avais acheté *Fleur de Rocaille*, ce parfum dont j'avais abusé dans mes jeux d'enfant et que mon père ne lui offrait plus depuis plusieurs années, préférant, pour célébrer anniversaires et autres fêtes, joindre l'utile à l'agréable, et s'orienter vers l'acquisition de nouveaux ustensiles ménagers. Ma mère vaporisa un peu de parfum à l'intérieur de son poignet et respira l'effluve en fermant les yeux. L'odeur si particulière de Chypre un peu poudrée vint jusqu'à moi. Il manquait cependant l'épaisseur légèrement crémeuse du parfum dont j'avais le souvenir. Ma mère m'apprit que le fabricant en avait modifié la composition pour s'adapter au goût du jour, ce que je déplorai. Malgré ce manque, je vis un instant dans le miroir de la salle de bains le reflet du visage fardé d'un enfant de huit ans. La veille pourtant, tandis que je me brossais les dents, j'avais sans succès tenté de retrouver les traits de cet enfant dans ceux de l'adulte que j'étais devenu. J'avais regardé dans le placard où se trouvaient les effets avec lesquels j'avais joué naguère. Mes parents y entreposaient désormais divers remèdes dont ils usaient sans doute quotidiennement et qu'ils préféraient remiser là plutôt que dans l'armoire à pharmacie.

Ma grand-mère et mon oncle Bertrand se joignirent à nous pour le déjeuner de Noël, apportant un peu de gaieté dans la maison. Malgré son âge avancé, ma grand-mère restait souriante et pleine d'énergie. Quand je le lui fis remarquer, elle me répondit qu'il le fallait bien sinon plus personne ne voudrait la voir.

Mon oncle Bertrand nous quitta le soir même.

Je repris le train deux jours plus tard. Ma grand-mère fit une partie du voyage avec moi, jusqu'à Angoulême où une correspondance pour Limoges l'attendait. En me quittant, mon père me dit de ne pas m'inquiéter, qu'il en avait vu d'autres. Je ne voyais pas à quelles autres épreuves il pensait. Ma mère m'embrassa en me faisant promettre de revenir plus souvent. Quand le train s'ébranla, ma grand-mère me glissa à l'oreille qu'elle trouvait mes parents de plus en plus ennuyeux.

« Ils passent tellement de temps à envisager le pire qu'ils en oublient de vivre, me dit-elle. Mais peut-être que tout cela est de ma faute après tout. J'ai parfois eu l'impression qu'élever un enfant, c'était lui transmettre des problèmes qu'il parviendrait peut-être à résoudre un jour, avec un peu de chance. Qui peut dire quelle a été ma part dans ce qu'est devenu ton père ? »

Une heure plus tard, notre train s'arrêta en gare d'Angoulême. J'aidai ma grand-mère à descendre, puis la laissai regagner seule sa correspondance. Je remontai dans le train dont le chef de gare annonçait déjà le départ. Par la fenêtre, je la vis me sourire une dernière fois avant de s'engager dans le passage souterrain. Le train se remit en marche et, après quelques minutes, ses mots à propos de mes parents me revinrent. Je voyais à présent avec une plus grande acuité les événements de mon enfance. Le temps n'effaçait rien, bien au contraire.

Chapitre X

Quelques semaines plus tard, à la suite de négociations interbureaux, notamment avec celui du personnel à la tête duquel Langlois, victime de la protubérance de cuir et de dorures offerte par ma mère et depuis reléguée à la fonction de compartiment à sous-vêtements au bas de mon armoire, voyait d'un mauvais œil le transfert de mon poste, qui selon lui bouleversait la répartition budgétaire des emplois au sein du ministère au mépris des priorités inscrites dans les objectifs, je reçus un courrier me signifiant ma nouvelle affectation.

L'organisation de mon pot de départ occupa ma dernière semaine de présence dans la section. Je commençai par rédiger une invitation à l'attention de tous mes collègues, un mot sympathique illustré de petits bonshommes, de cotillons et de bouchons de champagne qui sautaient. J'envoyai ensuite le document à mes collègues en utilisant la fonction « tous les utilisateurs » de notre logiciel de messagerie. Marc déboula dans mon bureau dans les dix secondes qui suivirent l'envoi de mon message.

— Tu invites tout le ministère à ton pot de départ ?

J'affichai un air interdit. Il m'expliqua.

— Nous sommes en réseau avec le Quai d'Orsay. Quand tu envoies un message à tous les utilisateurs, tout le ministère le reçoit.

J'avais encore beaucoup à apprendre sur l'informatique. Je dus, sur-le-champ, envoyer un rectificatif à tous les utilisateurs pour ce message malencontreux, mais le temps de le rédiger, dix-sept personnes, que je ne connaissais pas pour la plupart, avaient déjà répondu à l'invitation. Parmi celles-ci se trouvait le responsable du service d'entretien, avec lequel j'avais eu maille à partir au sujet du pigeon, qui acceptait l'invitation et me félicitait pour ma nomination, et monsieur Langlois qui déclinait sèchement et ne me félicitait pas. Il était, par sa position de superviseur de la gestion des dossiers du personnel, doté d'un potentiel de nuisance que je ne pouvais négliger. J'en avais d'ailleurs déjà été la victime.

Le pot est au monde du travail ce que la boum était à notre adolescence : une occasion récurrente, régulière, rassurante, d'oublier la tristesse et la monotonie de l'année qui s'écoule avec lenteur jusqu'aux prochaines grandes vacances en y introduisant des moments de communion, d'entrain forcé autour de boissons et de nourritures

157

incertaines. Un bureau bien organisé doit pouvoir tenir le rythme d'une célébration de ce type tous les dix jours en moyenne et pour cela tous les prétextes sont bons : les départs bien sûr, mais aussi les mariages, les PACS, les naissances, les adoptions, les baptêmes, les anniversaires, les nouvelles voitures, les nouveaux photocopieurs... Tout doit être fêté. Du rendement, du chiffre, des objectifs, des indicateurs ; le monde du travail compte. Les pots n'échappent pas à la règle.

Le mien se tint dans mon bureau et réunit tous les membres de la section auxquels s'était joint le responsable du service d'entretien. Ce dernier ne ratait jamais une occasion de participer à une sauterie, fût-elle administrative et donc peu propice à la débauche. J'avais acheté deux bouteilles de champagne, une autre de jus de fruits et quelques sachets de biscuits apéritif. J'avais poussé mon bureau dans un coin pour libérer l'espace et j'y avais disposé les quelques ingrédients de mon petit buffet.

D'instinct, dans les pots de départ, les invités s'alignent le long des murs. Ils discutent mollement, tentent parfois une blague vaseuse, regardent le plus souvent le fond de leur verre en plastique où stagnent quelques gouttes de champagne tiède et se demandent combien de temps il faut rester avant de quitter l'assistance sans passer pour un mal éduqué, afin de pouvoir sauter dans leur train de banlieue. Il n'y a pas de règle en la matière, sinon celle, tacite, selon laquelle on ne peut décemment partir avant la remise du cadeau accompagné de la petite carte humoristique sur laquelle tout le monde a signé et les petits discours de circonstance. J'en avais préparé un, de discours, conventionnel et hypocrite, formaté comme il se doit, dans lequel je remerciais toutes les personnes avec lesquelles j'avais travaillé, la gratitude que j'éprouvais à leur encontre pour tout ce qu'elles m'avaient appris chaque jour depuis mon arrivée, le plaisir que j'avais eu à partager mon quotidien avec elles et le regret de partir qui en découlait. J'avais écarté de mon allocution toutes les formules d'humour. C'est une pratique que je maîtrise peu. Je le déroulai en trinquant avec mes futurs ex-collègues. Vint alors le moment du cadeau. Boutinot évoqua, dans un discours empreint de solennité, son regret de voir sa compagnie démantelée par le jeu des transferts de troupes décidés par l'état-major, regretta la perte d'un élément valeureux. J'attendais la sonnerie au mort. Mais ce qui vint fut pire. Philippe, sur un signe de Boutinot, s'approcha et remit à notre supérieur le présent qui m'était destiné. Le chef de section prononça ces mots avant de me l'offrir :

— Ceci viendra remplacer un accessoire que vous avez perdu il y a peu de temps, lors de votre mission en Géorgie. Bien sûr, vous n'en avez rien dit, et c'est tout à votre honneur. Mais malgré cette discrétion, nous avons fini par apprendre cette mésaventure au cours de laquelle un voyageur indélicat s'est approprié le bagage à main dans lequel vous aviez mis les cadeaux que vous aviez achetés pour les membres de la section. Fort heureusement, ceux que vous aviez achetés pour votre mère se trouvaient dans la soute de l'avion, en sécurité, et ont échappé à cet acte malveillant. Et si je donne le détail de cette histoire, ce n'est pas pour assouvir un quelconque penchant pour l'anecdote, mais bien pour démontrer que ce n'est pas seulement un bon collègue qui nous quitte aujourd'hui, mais que c'est aussi un bon fils.

Boutinot avait des sanglots dans la voix en prononçant ces mots. Il termina enfin son allocution.

— Oubliez cette mésaventure, ce détail, et partez pour cette nouvelle mission équipé comme il se doit.

Boutinot me tendit le paquet, volumineux, que je déballai avec une appréhension certaine. À la découverte de l'objet, je souris. C'était de circonstance. Mais je ne trouvai pas les mots justes pour exprimer ma reconnaissance aux collègues qui s'étaient cotisés afin de m'offrir la réplique exacte de la mallette achetée par ma mère pour mon entrée au ministère. Je compris que l'idée venait d'Aline, qui m'expédiait là un injuste et démesuré retour de manivelle après les boîtes de conserve géorgiennes. Elle seule connaissait les dégâts que cette mallette avait causés et les rapports que j'entretenais avec cet objet. La belle avait la dent dure, la rancune tenace, la vengeance terrible et la patience qui allait avec. Si seulement j'avais su tenir ma langue. Je croisai le regard d'Aline qui leva son verre en me souriant. Je notai cependant la présence de plis amers aux commissures de ses lèvres.

L'ambiance se détendit ensuite entre l'évocation de mon nouveau travail, les récits de nos mésaventures communes et récentes, les anecdotes de voyages, lesquelles nous menèrent à la discussion centrale de toute section digne de ce nom : les prochaines vacances. Marc, qui arborait un T-shirt sérigraphié Bali et décoré de palmiers, évoqua les États-Unis et la route 66. Je me demandai combien de membres de son entourage étaient impliqués dans cette mascarade. Philippe nous raconta quant à lui sa passion pour les trains qui le conduisait à travers toute la France dans des hôtels situés face à des gares ou donnant sur des voies ferrées. Il avait fait toutes les grandes villes, préfectures et sous-préfectures, et s'attaquait désormais aux gares secondaires, photographiant sous tous les angles chacune d'elles. Il nous confia cependant que sa passion était un peu envahissante et qu'elle avait probablement poussé sa femme à le quitter. Cette précision troubla quelque peu la bonne humeur qui s'était installée. Jamais Philippe ne s'était ainsi ouvert sur sa vie privée, et nous ignorions la séparation d'avec sa femme. Nous ignorions même qu'il fût marié.

Arlette dissipa la gêne aussitôt en nous parlant de ses prochaines vacances sur les plages californiennes, à la grande surprise de tous. Nous l'avions plutôt imaginée en Ardèche ou en Bretagne, dans une de ces nouvelles communautés adeptes de l'écologie de l'extrême, de la non-consommation, de la décroissance, du tri sélectif, du recyclage, des douches à l'eau de pluie et des toilettes sèches. Les bouteilles de champagne étaient vides depuis un moment et nous avions attaqué une bouteille de punch que Marc avait apportée. Il en avait consommé la plus grande partie, ce qui, à l'évocation des prochaines vacances d'Arlette, favorisa chez lui un rire solitaire expressif et expansif. Il finit par lâcher entre deux spasmes : « Arlette à Malibu ! » Le rire gagna l'assistance. Arlette aussi riait de bon cœur. Mais elle se froissa quand Marc, qui ne sut s'arrêter à temps, lui dit qu'« Arlette à Berck-Plage » lui conviendrait mieux, surtout si elle tricotait elle-même ses maillots de bain. Arlette ne souffrait aucune remarque sur ses créations vestimentaires. Elle avait développé un style flottant à base de voiles, d'empiècements juxtaposés de tissus de récupération et de coutures dissymétriques qu'elle seule pouvait porter. Vexée, elle nous quitta laissant derrière elle un froid qui mit rapidement fin aux festivités.

Chapitre XI

La semaine suivante, je rejoignis le bureau de la communication, et le quartier des Invalides par la même occasion. Après ces quelques mois de goulag, j'effectuai ma retraite de Russie et me retrouvai enfin dans les couloirs feutrés du Quai d'Orsay.

— Mes chers collaborateurs, notre mission n'est pas simple. Le président de la République et le Premier ministre ont demandé aux membres du gouvernement de mobiliser leurs équipes sur une vaste opération de communication. Ils souhaitent que chaque ministère travaille à un rapprochement des services avec les administrés. Il faut de la proximité avec le citoyen. Terminé, l'administration impersonnelle. Il faut la rendre sympa, branchée, cool. Ce sont, à ce que m'a rapporté notre ministre, les mots prononcés par le président lui-même lors du conseil de ce matin. Derrière tout cela, vous le savez tous autant que moi, il s'agit de redorer le blason du pouvoir exécutif lequel, en la personne de notre président, est au plus mal dans les sondages comme vous avez pu le constater par vous-mêmes en lisant la presse. Je ne sais pas encore comment le Quai d'Orsay peut répondre à la commande. Ce que je sais, en revanche, c'est que le ministre exige des propositions pour demain matin. Et comme il est déjà quinze heures, il est probable que nous devions y passer la nuit.

Ainsi commença ma première journée de travail au bureau de la communication. Jeté dans le bain, dès mon arrivée. C'est à peine si j'eus le temps de prendre possession de mon bureau et d'être présenté à mes nouveaux collègues.

Après une matinée consacrée aux obligations administratives inhérentes à une prise de fonctions, j'avais partagé la pause méridienne avec mon voisin de bureau, un homme d'une quarantaine d'années au physique inquiétant. Sous des cheveux filasse et clairsemés savamment coiffés vers l'arrière en une mèche rebelle qu'il replaçait par intervalles d'un geste machinal, graissant ainsi au fil de la journée cet ersatz capillaire, son crâne portait à l'avant cette légère protubérance propre aux forts en thème. De son visage glabre se détachait un regard saurien face auquel je n'avais pu qu'accepter son invitation à la cantine. Sa conversation m'avait mis encore davantage mal à l'aise. À peine avions-nous déposé nos plateaux sur la table qu'il s'était mis à me parler d'un sujet d'ordre culturel, faisant montre en ce domaine d'une érudition impressionnante. Pierre Girardot, ainsi se nommait-il, était un autodidacte qui considérait l'art comme l'unique sujet digne de débats entre les peuples, en dehors des questions diplomatiques s'entend. Il m'apparaissait plus expert que les historiens de l'art, et ce quelle que soit la discipline : peinture, sculpture, photographie, architecture, littérature... Aucune n'échappait à son intérêt. Je dois avouer ici que ses discours, une fois dissipée la crainte des premières sessions, avaient sur moi l'effet d'un relevé topographique d'une région inconnue, éveillant parfois à mon esprit des univers tout à fait fascinants. Ainsi me laissais-je porter par le flot de ses paroles comme un explorateur à bord d'une pirogue sur un fleuve au débit trop puissant. Sur ma frêle embarcation, je glissais au gré des courants, profitant simplement des paysages qui se révélaient au cours du déjeuner à l'évocation d'un tableau exposé au musée d'Orsay ou d'une sculpture dissimulée au détour d'une allée du jardin des Tuileries. Pour notre premier déjeuner, Pierre Girardot m'avait gratifié d'un propos sur le cinéma.

— Vous avez vu le film de Jarmusch, hier soir, à la télé ?

Jarmusch. Jarmusch ? De Jarmusch, avait-il dit. Il s'agissait donc du réalisateur. Pour ma part, j'avais toujours choisi les films au regard des acteurs qui se trouvaient à l'affiche. La veille, j'avais regardé la deux cent douzième diffusion de

Pretty Woman, avec Richard Gere et Julia Roberts, en compagnie d'Aline qui m'avait confié que c'était l'un de ses films favoris. « *Pretty Woman* est un conte de fées moderne », m'avait-elle dit. Je n'y voyais qu'un poncif éculé, ce que je m'étais bien gardé de lui signaler. Mon incapacité à comprendre la sensibilité féminine serait à coup sûr revenue sur le tapis.

Mû par le même instinct de conservation, j'adoptai une stratégie d'évitement avec Girardot et lui répondis par une autre question.

— De quel film de Jarmusch s'agissait-il ?

— *Stranger than Paradise*, me précisa-t-il.

— Je ne l'ai jamais vu, je pense. Qui sont les acteurs ?

Mon collègue me lança un regard surpris et, ignorant ma question, poursuivit.

— C'est pourtant une œuvre incontournable, Caméra d'or au Festival de Cannes en 1984. Il faut voir ce film absolument. Avez-vous vu *Down by Law* au moins ?

— Non plus. Je crois bien que je n'ai jamais vu de film de Jarmusch, lui avouai-je.

— Pas même *Broken Flowers* ? C'est avec Bill Murray pourtant ; c'est très grand public.

Je secouai la tête, penaud. Il fit de même, consterné.

— L'intérêt des œuvres de Jarmusch, reprit-il, se résignant à m'éclairer – et se réjouissant en son for intérieur, j'en suis sûr –, réside davantage dans la description des relations entre les personnages

166

que dans la résolution d'une quelconque intrigue comme dans les films conventionnels. Jarmusch montre une véritable attirance pour les marginaux, mais il les décrit toujours avec justesse, sans tomber dans le vulgaire étalage des différences. Comprenez bien, il n'y a pas de caricature chez lui, seulement le souci de mettre en lumière avec une certaine austérité. Vous voyez ce que je veux dire ?

Je fis une moue hésitante. Il poursuivit.

— *Stranger than Paradise*, par exemple, avec ses cadrages au millimètre, son traitement de l'image, ses séquences pince-sans-rire, s'apparente assez peu à un underground pré-Sundance, si vous regardez bien. Personnellement, j'y vois plutôt une esthétique Mitteleuropa, un objet cinématographique entre Kaurismäki et la nouvelle vague tchèque, si vous voyez où je veux en venir.

Non, justement, je ne voyais pas du tout où il voulait en venir. Il parlait comme écrit un critique de cinéma dans *Télérama*. J'avais perdu pied après « underground », mais mon collègue s'en souciait peu. Il souhaitait seulement qu'une oreille servît de récepteur à son discours qu'il déroula sans faillir durant tout le déjeuner. Je me contentai d'acquiescer de temps à autre d'un signe de tête ; plus rarement, j'osai un « je vois » timide, mais ne m'aventurai guère plus loin. J'étais en territoire inconnu et peut-être même hostile.

Girardot fréquentait les salles de spectacles des circuits alternatifs, connaissait les troupes d'amateurs pleines de promesses ; il n'hésitait pas à « se hasarder en banlieue », comme il le disait lui-même, pour assister à une représentation théâtrale inédite. Il était à la culture l'explorateur que je rêvais d'être pour les contrées décrites dans mes magazines et dans lesquelles je n'avais jamais mis les pieds.

— Qu'est-ce qui vous a attiré dans la diplomatie ? me demanda-t-il soudain.

Je sentais que je pouvais dire la vérité à Girardot qui, de toute évidence, considérait la diplomatie comme un gagne-pain et non comme le but de sa vie.

— L'envie de voyager.

— Vous n'avez pas choisi pour cela la meilleure administration. J'ai dix-huit ans de carrière et j'ai très peu voyagé durant tout ce temps. Et les rares fois où cela m'est arrivé, je n'ai eu droit qu'à des aperçus des villes dans lesquelles je me suis rendu. Je connais bien les aéroports et les ambassades, mais les villes, les pays, je ne les ai pas vus.

L'expérience que je venais de vivre en Géorgie ne me permettait pas de contredire ses propos.

— Mais dès que je le pourrai, je demanderai mon affectation dans une ambassade, lui dis-je.

— Il est peu probable que vous l'obteniez. On ne passe pas de la communication aux vraies affaires étrangères, je veux dire un poste en ambassade, parce qu'on le souhaite. On fait appel à vous pour cela. Ou pas. On vous oublie dans ces administrations, on vous oublie.

Dès notre retour de la cantine, notre chef de bureau nous avait tous rassemblés dans un vaste salon « pour une réunion de crise » avait-il dit, celle qui devait permettre de trouver la solution au problème d'image du président. Nous étions une quinzaine assis autour d'une grande table, installés dans les décors luxueux de stucs et de dorures qui dans les premières minutes avaient capté toute mon attention. Mais le ton employé par notre chef m'avait rapidement tiré de ma rêverie. L'heure était, sinon grave, du moins importante.

J'assistai, silencieux, aux échanges de mes collègues. Je n'osai encore intervenir dans le débat.

— Le ministère des Affaires étrangères n'existe que par sa discrétion, commença l'un d'eux, la cinquantaine grisonnante. C'est dans l'ombre qu'il résout les questions dont il a la charge. Et je ne vois pas comment nous pourrions intervenir dans le cadre de cette opération de communication tape-à-l'œil. La diplomatie est là pour éclairer, pas pour éblouir.

— C'est vrai, je suis tout à fait d'accord avec mon ami de Saint-Aulaire, enchérit un autre qui répondait au nom de Ferry, la cinquantaine lui aussi. Le Quai d'Orsay était jusqu'à présent un îlot de sagesse dans un océan de folie, et cette tempête médiatique vers laquelle nous nous dirigeons va sûrement engloutir ce qui reste de véritable diplomatie. Nous remplissons des missions qui demandent de la discrétion. Et d'une manière générale, l'administration n'est pas un canot de sauvetage pour les personnalités politiques à la dérive, fussent-elles président de la République ou Premier ministre. Nous sommes les moments d'une chose éternelle, je vous le rappelle, pas les rouages d'une simple machinerie politicienne.

— Épargnez-moi votre grandiloquence et les citations de Barrès, répondit notre chef de bureau plutôt énervé par la tirade de Ferry. Vous en faites un peu trop. Ce n'est pas ce genre de considérations que je vous demande de me servir. Je veux des idées, pas des idéaux d'un autre siècle, du concret, un projet que je pourrais présenter au ministre demain matin. Alors gardez pour vous vos états d'âme, s'il vous plaît.

— On pourrait déjà revoir notre papier à lettres, y mettre un peu de couleur, lança mon voisin de table.

— Oui certainement, et mettre des vases avec des fleurs sur nos bureaux. Mais je doute que les Français se rendent compte du changement. Il nous faut quelque chose de visible, messieurs, quelque chose qui puisse intéresser les médias.

— Une journée portes ouvertes dans les ambassades peut-être ? hasarda une collègue à l'air timide.

— Les ambassades sont des territoires extraterritoriaux, sous l'autorité des pays étrangers. Vous le savez bien. On n'y entre pas comme dans un moulin. Jamais nous n'aurons l'accord de toutes les grandes nations. Et ce sont elles qui attireront les visiteurs. Croyez-vous vraiment que l'ambassade des États-Unis va ouvrir ses portes au public ? C'est l'endroit le plus sécurisé de Paris. Et sans les Américains, la fête sera gâchée.

— Et si nous lancions un grand concours culinaire ? lança une femme brune que je situai entre trente-cinq et quarante ans. Rappelez-vous les desserts franco-russes de notre enfance. Nous pourrions demander à des chefs cuisiniers de créer des plats selon les grandes alliances diplomatiques que nous souhaitons mettre en lumière et convoquer la presse lors d'un dîner au cours duquel nous ferions découvrir ces nouveaux plats : un ragoût franco-iranien, un poulet franco-chinois, un ananas franco-philippin, et que sais-je encore.

— Ma crème préférée, c'était celle à la vanille, poursuivit Blondin, un grand roux efféminé à peu près du même âge que la brune.

— À quel moment ont-ils disparu, les desserts franco-russes ? demanda un autre.

— On ne s'en rend jamais compte, lui répondit Blondin. Tout ça, c'est du marketing. C'est comme pour les Barquettes trois chatons, un beau jour elles ont disp…

— Bon sang ! coupa le chef, entre la vieille génération nostalgique d'une diplomatie d'avant-guerre et les trentenaires retombés en enfance, nous sommes plutôt mal partis pour affronter les défis de l'avenir. À vous écouter, j'ai l'impression que je ferais mieux d'appeler une agence de communication pour leur demander de me créer à la va-vite un spot publicitaire pour la télé. Cela devrait satisfaire le ministre. Il adore la pub.

— Ah non ! s'emporta Rodriguez. Si vous allez chercher à l'extérieur des idées de génie, soit. Mais si vous voulez des idées simplistes, nous sommes capables de les avoir nous-mêmes. Ne gaspillez pas l'argent du contribuable.

— Ne vous emportez pas, monsieur Rodriguez, je n'ai plus le temps de faire appel à qui que ce soit, de toute façon. Je n'ai plus que vous vers qui me tourner. Je n'y peux rien si notre société attache plus d'importance aux remous de la surface qu'aux lames de fond, pour filer la métaphore maritime de Ferry, ce qui vous va très bien au passage.

Ce trait d'humour détendit un peu l'atmosphère et tout le monde rit avec modération à la blague de notre chef. Rire avec modération à la blague du chef est un précepte à garder à l'esprit si l'on veut survivre en milieu administratif. Il faut toujours rire à la blague du chef. Mais ce rire doit cependant être modéré si l'on ne veut pas passer pour un lèche-bottes auprès de ses collègues. C'est un dosage difficile, un équilibre malaisé lorsqu'on débute mais, bien vite, on acquiert ces automatismes.

Je profitai du rire général pour me jeter à l'eau.

— Nous pourrions organiser un défilé.

Dans un silence soudain, les quatorze têtes se tournèrent vers moi. Je pouvais lire dans certains regards le mépris qu'on accorde aux blancs-becs qui parlent avant même d'avoir fait leurs preuves. L'un de mes nouveaux collègues, un homme d'âge moyen, au nez busqué et dont la bouche aux lèvres molles semblait davantage éructer que prononcer les mots, lança sur un ton ironique, comme s'il s'était adressé à un adolescent qui a tendance à un peu trop la ramener dans les repas de famille et auquel il souhaitait rabattre son caquet :

— Oui, jeune homme, et on fera venir la fanfare de votre village, du Sud-Ouest si j'en juge par votre accent.

Je ne me laissai pas démonter par son mépris.

— Ce que j'entends par défilé, c'est un événement festif. Aujourd'hui, fête et fun sont les maîtres mots. Partout on organise des défilés. Cela permet de mettre en avant les communautés et de faire participer les habitants autour d'une parade, tout au long du parcours.

— Une sorte de défilé du 14 Juillet ?

— Toutes les grandes fêtes sont des défilés, à commencer par le 14 Juillet. Le carnaval de Rio, qui est la plus grande fête du monde, est un défilé.

— Un carnaval ! On aura tout vu, râla de nouveau l'homme aux lèvres molles. Et quel est le rapport avec la diplomatie ?

Je poursuivis, sans répondre à sa question afin de l'écarter du débat.

— La Gay Pride, la Techno Parade, le 1er Mai sont les événements les plus attendus de l'année. Chaque week-end, la randonnée en rollers rassemble des milliers de patineurs dans les rues de

Paris. Il faut, à notre tour, organiser un défilé qui rassemblera toutes les représentations diplomatiques de la capitale. Une pride diplomatique.

— Une *pride* ?

— Oui, la marche des fiertés diplomatiques comme il y a la marche des fiertés gays et lesbiennes. Imaginez chaque représentation défilant aux couleurs de son pays sur un char décoré et en musique. Imaginez le char brésilien, le char sud-africain, le char mexicain… De la couleur et de la musique, de la fête et du fun, partout dans les rues de Paris. Un événement fédérateur, c'est ça qu'il nous faut.

Un silence suivit ma démonstration. Tout le monde avait à présent les yeux tournés vers notre chef de bureau, lequel semblait évaluer la recevabilité d'une telle idée par notre ministre.

Girardot, avec lequel j'avais déjeuné à la cantine, prit alors la parole, et je crus un instant qu'il allait, par son intervention, anéantir mon effet.

— Votre idée me fait un peu penser à un carnaval de province, commença-t-il, et je dirais même une fête de patronage. Il s'agit, si je vous suis, de célébrer l'union entre les peuples de façon éloquente. Dans ce cas, je pense qu'il serait préférable de nous adresser à un artiste contemporain afin que celui-ci imagine une œuvre d'art universelle, une sorte d'installation mouvante à travers les rues de la capitale et dont les délégations diplomatiques constitueraient le matériau. Cette œuvre, afin d'en augmenter le retentissement, au sens propre comme au sens figuré, pourrait être sono-risée, pour rester dans votre idée.

— Oui, un défilé en musique, c'est exactement ce que vient de proposer votre nouveau collègue, souligna le chef.

— Oui, on peut le voir ainsi, mais nous lui don-nerions, en confiant sa conception à un artiste de renom, une tout autre dimension, nous y mettrions un contenu.

— Mais monsieur Girardot, il n'y a pas besoin de contenu, ce qui compte c'est l'événement. C'est l'événement qui fait sens. Les gens veulent de l'ins-tantané, il faut que ça leur parle immédiatement. L'époque du contenu est terminée, croyez-moi.

Girardot s'apprêtait à répondre mais notre supérieur le coupa dans son élan.

— Bon, tâchons d'avancer un peu. À quel moment pourrions-nous organiser cette pride ? demanda-t-il.

Cette question valait acquiescement. Je jubilais intérieurement mais contenais ma satisfaction. Comme mes collègues, je me plongeai dans mon agenda afin de trouver dans le calendrier le meil-leur moment pour cet événement. Je sentais peser sur moi quelques regards dénués de bienveillance mais peu importait, car je croisai celui de mon nouveau chef qui me souriait. Je venais de mar-quer un point. Je sentais que la carrière m'accueil-lait enfin après ces mois de purgatoire. Elle m'accueillait comme une mère qui préfère son der-nier-né, surtout quand celui-ci a failli mourir.

— Il faut du beau temps pour ce genre de manifestations, précisa Blondin qui de tous mes collègues était le plus enthousiaste à l'idée de cette marche des fiertés diplomatiques. Fête et fun, ça sous-entend le soleil. Fun, ça rime avec sun.

— Ce qui écarte la période d'octobre à avril, ajouta Ferry.

— Regardons le mois de mai pour commencer, proposa le chef.

— Les deux premières semaines sont un peu chargées en célébrations. Sans compter les ponts. Il y a d'abord le 1er Mai, puis le 8 Mai, l'Ascension, Pentecôte. La deuxième quinzaine du mois serait plus appropriée, je pense, proposa la brune des flans franco-russes.

— Bon, proposons le troisième week-end, alors.

— Cela ne plaira pas à nos collègues de la Culture. Ce week-end-là, c'est la Nuit des musées. Il ne faut pas leur faire de concurrence.

— Mais on ne va pas défiler la nuit, tout de même !

— Non, c'est plutôt une question de disponibilité des médias.

— Bon, alors le dernier week-end ?

— Il y a une manifestation de chasseurs ce week-end-là. Je doute que la préfecture nous donne l'autorisation de défiler.

— La Hunting Pride, en quelque sorte. Tous en kaki et fusil à l'épaule avec les meutes de chiens hurlant autour, voilà qui promet d'être très festif. Regardons le mois de juin alors.

— La deuxième quinzaine est prise par la Fête de la Musique et la Gay Pride.

— La fête des voisins a lieu durant le premier week-end.

— Bon, et le deuxième week-end ? Il y a quelque chose le deuxième week-end ?

— Il y a le Festival Globule et la Cyclonudie.

— Qu'est-ce que c'est que ça encore ?

— La première manifestation, c'est pour le don du sang. La deuxième, c'est une randonnée à vélo, nus, dans les rues de Paris.

— Hé ! Nous pourrions organiser la Diplonudie ! lança Blondin qui avait un peu de mal à modérer son enthousiasme.

Le chef s'emporta.

— On aura vraiment tout vu. Je comprends que nos collègues du ministère de la Santé aient besoin de sensibiliser la population au don du sang, mais la Cyclonudie... Les gens s'ennuient-ils à ce point qu'il leur faille inventer ce genre de niaiseries libertaires pour se donner l'illusion de... de... De quoi d'ailleurs ? Je n'y comprends rien à tous ces gugusses qui défilent et font la fête tous les week-ends. Qu'est-ce qu'ils veulent à la fin ? Je commence seulement à comprendre que notre idée n'a rien d'original, mais puisque nous n'en avons pas d'autres, poursuivons, et tâchons de lui trouver une place dans le calendrier, s'il en reste une.

Nous passâmes ainsi en revue tous les week-ends du calendrier, et de célébration religieuse en manifestation communautaire, de fête nationale en commémoration, nous nous retrouvâmes à la fin du mois de septembre, à l'ultime week-end de la période que nous nous étions fixée, juste derrière la Techno Parade. C'était à croire que le pays passait son temps à faire la fête, à défiler, à célébrer, ce qui contrastait avec la morosité ambiante dont les médias nous rebattaient les oreilles depuis des mois. Le moral des Français par-ci, la peur du chomage par-là, la souffrance au travail, l'inquiétude pour les retraites, la pression immobilière, l'angoisse du futur, l'abandon des idéaux, la lassitude face aux programmes télévisés, la nostalgie de l'enfance, la platitude du jeu de l'équipe de France, la grisaille du métro, la laideur des banlieues, la tristesse de ma concierge, l'uniformité vestimentaire, l'abandon de soi, la décrépitude généralisée : tout justifiait la neurasthénie et malgré cela, le pays festoyait chaque week-end dans des célébrations illusoires. Ces prétendus exutoires se révélaient inefficaces.

La réunion prit fin sur ce choix du dernier week-end de septembre pour l'organisation de la marche des fiertés diplomatiques. Le chef confia à quelques-uns de mes collègues la tâche de contacter les secrétaires d'ambassade à Paris afin de leur soumettre cette idée et d'évaluer le nombre de participants, puis il s'adressa à moi pour me demander de le suivre dans son bureau afin de l'aider à rédiger la note qui lui permettrait de présenter le projet au ministre le lendemain matin. Je vis dans cette invitation la confirmation que je ne m'étais pas trompé de stratégie. Contrairement à ce qu'avait suggéré Girardot lors du déjeuner, la hiérarchie me sollicitait déjà pour des tâches supérieures. Ce n'était là qu'un début ; j'en étais convaincu. Le chef demanda à Guyot, l'attaché avec lequel j'avais collaboré pour la conférence de presse du Premier ministre kirghize, de se joindre à nous. Nous quittâmes tous les trois la salle de réunion sous les regards envieux, pleins de ressentiment de nos collègues, dans des bruits de mâchoires qui se décrochaient pour certains, de dents qui grinçaient pour les autres.

Chapitre XII

Nous fûmes bientôt au beau milieu de l'été. Toutes les dispositions avaient été prises pour l'organisation de la première « marche des fiertés diplomatiques », intitulé retenu pour la communication officielle de l'événement. Mais, malgré les accords de principe de nos collègues diplomates à Paris, seuls sept pays avaient formellement confirmé leur présence. Nous avions constitué un dossier de presse, convenu d'un parcours avec les services de la préfecture de police, reçu le soutien de la ville de Paris qui voyait là une occasion d'affirmer sa position de ville monde. Le ministre nous avait félicités. Il était très enthousiaste à l'idée de sortir la diplomatie de l'ombre. L'organisation de grands événements lui manquait depuis qu'il avait quitté son poste de ministre de la Jeunesse et des Sports, pour prendre la responsabilité, à la faveur d'un remaniement ministériel, du porte-feuille des Affaires étrangères. Il aimait les grand-messes populaires et médiatiques, ce que son nouveau maroquin n'était guère en mesure de lui offrir. Aussi avait-il saisi l'occasion et suivi notre proposition sans hésiter. Tout avait commencé sous les meilleurs auspices. Mais plus l'été avançait, plus notre angoisse grandissait devant la liste des pays participants qui restait désespérément arrêtée sur ce chiffre sept, si bien que, résignés ou cyniques, certains membres de l'équipe avaient fini par les appeler « les sept de septembre » comme si plus rien ne pouvait changer ce chiffre. Nous relancions les ambassades mais toutes nous répondaient que les équipes étaient trop réduites pour pouvoir consacrer du temps à cette question. Nombreux étaient les employés qui retournaient voir leur famille durant l'été.

Je restais cependant confiant et répétais à qui voulait l'entendre, et en particulier à Girardot lorsqu'il me demandait, moqueur, comment s'annonçait la kermesse, que le chiffre sept était magique, qu'il portait bonheur et que tout se débloquerait à la rentrée. J'évoquais les sept jours de la semaine, les sept dons du Saint-Esprit, les sept merveilles du monde, les sept nains, les sept samouraïs, les sept mercenaires, le clan des sept, les sept mouches du petit tailleur, les bottes de sept lieues... Je paniquais à l'idée que cette marche se transformât en promenade dominicale de quelques randonneurs déguisés et pathétiques. J'en racontais n'importe quoi. À six participants j'aurais évoqué *Le Prisonnier*, les dominos, les dés, l'autoroute A6, les six branches de l'étoile de David, les six cordes de la guitare ; à cinq, le club du même nom ou les doigts de la main ; à quatre, les quatre fantastiques, les quatre de Guildford ; puis les Rois mages et les mousquetaires à trois. Je voulais tellement que ce défilé fût une réussite, que j'aurais vu des signes de celle-ci dans n'importe quel détail.

Je partis en vacances plutôt tendu, avec la certitude de ne pas pouvoir me détacher de mon travail durant la quinzaine que j'allais partager avec Aline. Nous étions ensemble depuis dix mois. Presque une année que je n'avais pas vu s'écouler, mobilisé par ma première expérience professionnelle. Aline avait été un soutien certain durant cette période. Lorsque nous travaillions dans la même section bien sûr, mais encore plus depuis que j'étais passé au bureau de la communication. Ne plus nous voir durant la journée nous avait rapprochés. Nous nous retrouvions souvent chez elle, plus rarement chez moi – elle trouvait que mon appartement n'était pas Feng Shui. Nous étions bien.

Nous avions rendez-vous sur le quai de la gare Montparnasse pour prendre le train à destination d'Arcachon où nous avions loué un studio qui donnait sur le bassin, avec une belle vue sur la dune du Pyla. Aline était arrivée traînant une énorme valise à roulettes. Elle avait l'air de mauvaise humeur.

— J'ai mal aux pieds, me dit-elle. Ce sont mes nouvelles chaussures.

Elle portait des escarpins à talons. Sur le dessus, une ouverture rectangulaire de quelques centimètres carrés laissait apparaître les doigts de pied. Les ongles restaient cependant invisibles. Elle avait les orteils rougis par réchauffement. La première image qui me vint à l'esprit en les regardant fut une barquette de chipolatas préemballées. J'aurais dû me garder de le lui dire. Aline ne m'adressa pas la parole du voyage. J'appris plus tard que ses chaussures, des Free Lance, lui avaient coûté une fortune. Ce fut la première d'une longue série de maladresses de ma part, que je mettais sur le compte de l'anxiété. Je n'arrivais pas à me sortir de l'esprit cette marche des fiertés diplomatiques.

Bien qu'ayant vécu toute ma jeunesse en Gironde, je connaissais peu Arcachon. Quand j'étais enfant, mes parents m'emmenaient parfois me baigner dans le lac de Carcans. Plus tard, à l'adolescence, j'avais fait de Lacanau-Océan, parce qu'elle était la plus proche, ma plage de prédilection. Aussi, à l'occasion de ce séjour avec Aline, je découvris Arcachon, cité balnéaire au charme désuet, ville de carte postale pour vacanciers en quête de tranquillité, ville de vieux qui promènent leur chien en prenant des airs de Jean-Paul Belmondo, adoptant la même posture dans leur félicité bourgeoise, le même sourire de satisfaction repue. Outre l'ennui, qui constitua le principal ingrédient de nos congés, les disputes occupèrent nos journées, révélant chez nous, et, je l'admets, de façon tout à fait paritaire, une inventivité peu commune.

Nous nous querellâmes sur le choix d'un restaurant, à propos du ballon d'eau chaude que j'avais vidé en rentrant de la plage, de Youki dont l'habitude de sortir chaque matin à sept heures fut très vite excédante, de mon prétendu égoïsme parce que je ne voulais pas d'enfant avant trente-cinq ans, de la mallette offerte pour mon départ de la section, de l'odeur de la vase à marée basse, de l'océan qui était trop loin du studio, de ses parents qu'elle ne voulait pas encore me présenter, des miens qui étaient venus nous rendre visite… Chacun de ces accrochages enfonçait un peu plus, dans le bois tendre de notre amour, le coin qui allait finir par fendre la bûche en deux.

La visite de mes parents constitua cependant le point d'orgue du récital cacophonique et dissonant de nos disputes, le point culminant dans l'ascension des dissensions de notre couple. La veille de leur venue, nous avions entrepris de gravir la dune du Pyla, la plus haute d'Europe avec ses cent sept mètres, argumentai-je auprès d'Aline, comme si ce détail justifiait le supplice que nous étions sur le point de nous infliger. Se présenter au pied de la dune à quatorze heures n'était pas le choix le plus judicieux. Le soleil nous cognait le crâne, nous mordait les épaules et rendait notre cheminement pénible voire décourageant car nous reculions de soixante-dix centimètres à chaque fois que nous avancions d'un mètre. Youki, lui, n'avançait pas. Ses petites pattes se révélaient inutiles dans le sable trop meuble. Certes, nous progressions de trente centimètres à chaque pas, mais Aline, dont l'aptitude au calcul mental se révéla à moi à cette occasion, m'informa qu'à vue de nez, compte tenu du fait que trois cent cinquante mètres environ nous séparaient du sommet, il nous faudrait parcourir l'équivalent d'un kilomètre dans ces conditions, ce qui ne l'amusait pas, surtout avec Youki dans les bras. Je tentai d'amoindrir la portée de ces propos et lui répondis que pour connaître la distance réelle qui nous séparait du sommet il nous faudrait appliquer à la situation le théorème de Pythagore, la pente sur laquelle nous marchions représentant l'hypoténuse du triangle. « M'emmerde pas avec ton hypoténuse, siffla-t-elle, j'ai déjà les pieds en feu à cause du sable, ça me suffit. » Je n'insistai pas.

La beauté de la vue, une fois au sommet, ne dissipa guère la mauvaise humeur dans laquelle l'heure d'ascension avait plongé ma compagne. Aline râlait à propos de la température, du vent, du sable, de sa fatigue. J'admirais le paysage. L'océan s'étendait, immense, se perdant au loin dans des brumes de chaleur. Rien, hormis quelques oiseaux des mers, ne venait parasiter le bleu du ciel. Sur les eaux calmes du bassin, des voiliers minuscules traçaient leur sillon en silence. Cette vision aurait dû me transporter, mais entendre Aline maugréer annihilait l'enchantement du panorama. C'était comme écouter des lieder de Schubert en mangeant des Krisprolls. Nous redescendîmes sans tarder pour regagner le studio où Aline s'effondra dans un sommeil que j'aurais souhaité réparateur. Elle ne se réveilla que le lendemain, jour de la visite de mes parents, percluse de courbatures. Elle se déplaçait tel un pantin mécanique mal lubrifié, entre Tik-Tok le robot du pays d'Oz et C-3PO le droïde doré de *La Guerre des étoiles*. Ce qui réactiva sa mauvaise humeur.

Mes parents arrivèrent pour le déjeuner. Depuis le balcon, je les vis remonter la promenade le long de la plage. Ma mère marchait trois mètres devant mon père. Quelques minutes plus tard, la sonnette retentit. Ma mère entra en précisant que mon père était dans l'escalier.

Je leur présentai Aline qui à son tour leur présenta Youki. Mon père en profita pour annoncer qu'il avait l'intention d'acquérir un chien afin d'avoir de la compagnie. Ma mère lui fit remarquer qu'elle était à ses côtés depuis de nombreuses années puis protesta contre cette envie soudaine qui allait introduire des poils partout dans la maison. Sans transition, pour écarter la question du chien, pensai-je, ma mère demanda ce que nous leur avions préparé de bon à manger comme si le déjeuner avait été l'unique motif de leur visite. Je ne mesurai pas qu'il s'agissait là d'un sujet bien plus important, un enjeu de pouvoir sur lequel Aline n'avait pas l'intention de lâcher. Elle répondit que c'était une surprise, ce qui m'angoissa un peu. Ma mère attache en effet une grande importance à ce que je mange. Aujourd'hui encore, nos conversations téléphoniques, même lorsque nous ne nous sommes pas vus pendant plusieurs semaines, tournent essentiellement autour de ce sujet.

La surprise fut de taille. Je ne sus jamais ce qui avait pu conduire Aline à fomenter pareilles représailles à mon encontre. Sans doute le supplice que je lui avais fait subir la veille avait-il influencé son acte. Cependant celui-ci avait demandé une préparation antérieure. Aline apporta deux plats sur la table dans lesquels je reconnus le contenu des boîtes de conserve que j'avais achetées à l'aéroport de Tbilissi. Mes parents qui ne goûtaient guère les nourritures exotiques mangèrent du bout des lèvres. Le soir venu, au moment de nous dire au revoir, ma mère nous suggéra de nous arrêter à Bordeaux sur le trajet du retour. En aparté, elle m'avoua que notre venue viendrait rompre l'interminable tête-à-tête que leur imposait l'inactivité de mon père. Et je vous préparerai un bon repas, me glissa-t-elle dans l'oreille en m'embrassant.

Je vis venir la fin des vacances avec la lenteur d'un courrier transmis par la voie hiérarchique. Le dernier jour, alors que nous allions prendre le train en gare d'Arcachon pour regagner Paris, Aline souhaita acheter des magazines féminins pour le voyage. Elle était une grande lectrice de cette presse. Nous pénétrâmes chez le marchand de journaux. Les magazines affichaient des titres encourageant les lectrices à plus d'érotisme, à plus de plaisir, à plus de sexe. Je me remémorai le *Marie Claire* spécial libération de la femme qui avait motivé certains de mes premiers émois solitaires. Comment était-on passé du tabou à la dictature de l'orgasme ? En lisant les titres sur les couvertures, tous orientés vers la satisfaction de l'homme, j'avais l'impression que Nadine de Rothschild était devenue la maîtresse à penser des rédactions féminines. Une tension certaine m'animait, mêlée de ressentiment à l'égard d'Aline. Je lui demandai pourquoi elle consacrait tant d'argent à l'achat de ce genre de lectures si c'était pour ne pas en appliquer les conseils. Nous n'avions, en effet, pas fait l'amour depuis la visite de mes parents dix jours plus tôt.

Nous venions là de franchir le point de non-retour.

Nous voyageâmes séparément.

Arrivé à Paris, en descendant du train, je cherchai Aline dans la foule des vacanciers bronzés. Le quai était envahi de valises, d'enfants, de voyageurs et je ne parvins pas à la retrouver. Mon téléphone portable vibra alors dans ma poche. C'était un SMS d'Aline. Très bref, très clair : « Adieu. »

La fin de notre amour était venue, aussi mystérieuse pour moi que son commencement. Au début de l'histoire, comme l'écrivait Mauriac, incontournable pour les lycéens bordelais, on voit l'amour d'une femme comme un mur derrière lequel on peut s'abriter. Et puis on se rend compte avec le temps que c'est un obstacle à franchir. Il faut être solidement planté sur ses deux jambes pour ce genre d'épreuves. De petits ratés en remarques anodines mais dont les conséquences nous échappent, on glisse vers le désamour, vers les reproches et le ressentiment. Tout coule. L'expérience de l'amour, c'est aussi l'expérience du néant.

Chapitre XIII

Le dernier week-end de septembre vint enfin. Sans doute avais-je nourri une angoisse injustifiée puisque finalement vingt-trois pays avaient confirmé leur présence. La marche des fiertés diplomatiques devait traverser Paris d'est en ouest, depuis la place de la Bastille jusqu'à la place de l'Étoile, en passant par la rue de Rivoli, la place de la Concorde puis l'avenue des Champs-Élysées. Un feu d'artifice tiré depuis le toit de l'Arc de triomphe clôturerait l'événement.

Je me réveillai assez tôt ce matin-là, avant même que le réveil sonnât. Quand je tirai les rideaux et que je constatai qu'une pluie fine tombait sans discontinuer sur la capitale, j'eus envie de pleurer. J'allumai la télévision, un nouveau poste équipé d'un écran de soixante-dix centimètres que j'avais acheté à mon retour de vacances pour combler l'absence d'Aline, et tentai de trouver un bulletin météo. Le présentateur annonça qu'une dépression traversait l'Île-de-France et qu'elle prendrait fin avec le week-end. Mais cette pluie, si elle avait été la seule à venir troubler le déroulement de la marche des fiertés diplomatiques, me serait, après coup, apparue bien douce.

Mes parents étaient montés à Paris pour l'occasion. Ils souhaitaient assister à l'événement qui allait inaugurer l'autoroute de la réussite de leur fils. Mais avant de pouvoir contempler cette autoroute-là, il leur fallut parcourir les six cents kilomètres de celle qui conduisait de Bordeaux à Paris. Sur le trajet, mon père me téléphona une première fois depuis une aire de repos sur la nationale 10 après Angoulême, puis lorsqu'ils rejoignirent l'autoroute à Poitiers. Je pouvais suivre ainsi leur avancée, aire de repos après aire de repos, mon père appliquant rigoureusement, voire avec zèle, les recommandations de Bison Futé. Il s'arrêtait toutes les deux heures durant une demi-heure. C'est une habitude que je lui ai toujours connue. Lorsque la route prenait moins de deux heures, il s'arrêtait à mi-parcours. La moindre sortie à plus de cent kilomètres prenait des airs de départ en vacances : la veille, on pointait sur la carte l'endroit idéal pour faire une pause, et l'on préparait une glacière pour le casse-croûte. Lorsque j'étais enfant et que nous partions dans les Pyrénées (parfois seulement pour la journée), nous faisions une halte à Aire-sur-l'Adour entre huit heures et huit heures et demie, ce qui nous imposait un départ à six heures du matin. Nous prenions une collation en regardant couler la rivière. Je goûtais chaque fois ces instants de repos avec délices mais redoutais cependant les kilomètres qui allaient suivre car alors mon calvaire commençait. Si j'arrivais à supporter la fumée de la cigarette de mon père dans les grandes lignes droites qui traversent la forêt des Landes en entrouvrant la vitre afin de recevoir un filet d'air frais sur le visage, l'épreuve devenait insurmontable dès les premiers lacets pyrénéens. À la fumée des Gitanes venait s'ajouter un mode de conduite de citadin qui peut se résumer ainsi : on accélère quand ça se dégage et on pile dès que ça bouchonne. Cette méthode transposée en montagne se transforme ainsi : on accélère dès que la route le permet, on pile à l'entrée des virages, on braque à fond pour tourner dans l'épingle. Sans doute aurais-je pu supporter cette conduite saccadée si j'avais été autorisé à ouvrir en grand ma fenêtre afin d'inspirer plus d'air frais que de fumée, mais chaque fois que je tentais de l'abaisser, ma mère se mettait à crier : « Remonte cette vitre, je vais être toute décoiffée ! » – avant chaque sortie elle allait chez le coiffeur pour refaire sa mise en plis. Mes problèmes gastriques se manifestaient en général après le cinquième lacet. Je prévenais ma mère que j'étais malade, sachant qu'il était inutile de m'adresser à mon père lorsqu'il conduisait ; elle se tournait alors vers lui et lui disait : « Chéri, arrête-toi, le petit n'est pas bien », ce à quoi mon père répondait chaque fois « Mais qu'il est chiant ce gosse, je ne peux pas m'arrêter, il n'y a que des virages ». Dans le meilleur des cas il parvenait à se ranger sur le bas-côté. Ma mère m'aidait alors à vomir et je rendais à la nature le casse-croûte pris à Aire-sur-l'Adour. Si mon père ne trouvait nulle part où stopper, je vomissais alors dans la voiture, entre mes pieds la première fois, à même le tapis, ce qui eut pour effet de gâcher le voyage, aller et retour, malgré le nettoyage minutieux opéré par ma mère sous le regard excédé de mon père. Par la suite je vomissais dans un sac plastique. Mes parents réduisirent le volume de ma collation, me firent avaler des comprimés pour le mal au ventre en voiture – certains par pudibonderie ou pudeur disent « mal au cœur » mais mon expérience, douloureuse, a définitivement écarté cette expression de mon vocabulaire – mais jamais je n'eus droit d'ouvrir ma fenêtre, jamais mon père ne pensa non plus à écraser sa cigarette. Il aurait dû travailler pour un laboratoire pharmaceutique et éprouver l'efficacité des antivomitifs. Je pense qu'il aurait fait progresser l'efficience de ces médicaments qui pour moi avaient autant d'effet qu'une friction de Synthol sur une jambe de bois. Je vomissais à chaque voyage. Je me souviens même d'une fois où, ayant réussi à manger en cachette plus que mes parents ne m'y avaient autorisé, il avait fallu un deuxième sac plastique pour recueillir mes vomissures. Ma mère avait déjà les mains occupées par le premier sac qu'elle gardait dans l'attente du prochain arrêt où nous nous en débarrasserions. Mon père ne voulait pas qu'elle le déposât au sol, ce qui aurait risqué de souiller la voiture. Elle se résigna à jeter ce deuxième sac par la fenêtre en pestant parce que sa mise en plis allait être fichue. Le sac échoua sur le phare d'une moto que mon père venait de doubler et que ma mère n'avait pas vue, ce qui nous valut un arrêt d'urgence au premier dégagement qui se présenta, le motard en colère et menaçant s'étant porté à notre hauteur. Mon père et le motard se disputèrent, puis en vinrent aux mains et enfin nous reprîmes la route, en silence. Mon père avait un œil au beurre noir ; ma mère pleurait sans bruit. Sa chevelure semblait avoir subi les effets d'un arc électrique, résultat de son intervention pour séparer mon père et le motard. Après quelques kilomètres, sans s'être concertés, mes parents se tournèrent vers moi et se mirent à crier de conserve. Je ne sus jamais ce qu'ils m'avaient dit à ce moment. L'ensemble était inaudible. Par la suite, je fus interdit de casse-croûte, et il arriva même que l'on m'obligeât à vomir avant les premiers lacets pour être tranquilles. Je m'enfonçais alors un doigt dans la gorge pour me débarrasser de mon petit déjeuner et nous reprenions la route, sereins. Depuis, je déteste la montagne.

Mon père me téléphona lorsqu'il franchit la barrière de péage de Saint-Arnoult, puis quand il se perdit du côté des Ulis et enfin de la porte d'Orléans. À son arrivée, il me confia qu'il aurait préféré effectuer ce déplacement pour assister à un tournoi de football entre les ambassades plutôt qu'à un défilé. Il espérait cependant qu'il y aurait de jolies filles sur les chars. Sèchement, ma mère lui conseilla de se taire. Elle n'appréciait guère que l'on vînt critiquer son fils en ce jour de gloire. Penaud, mon père s'exécuta. Je notai alors pour la première fois la présence de poils blancs dans sa moustache. Depuis qu'il n'avait plus de travail, mon père avait perdu de sa superbe. Ma mère en avait profité pour s'affirmer et prendre le dessus. Je l'avais constaté dès les fêtes de fin d'année, puis lors de leur visite à Arcachon. Toute leur vie avait été régie selon une organisation qui s'était effondrée au premier changement survenu.

Le défilé se mit en marche à quatorze heures. La pluie s'était enfin arrêtée. Un froid humide régnait sur Paris. Les chars préparés par les délégations internationales donnaient l'impression de gros chiens mouillés bariolés. Les guirlandes et les fleurs de papier qui les décoraient, détrempées, pendaient mollement.

Le Brésil ouvrait le cortège. Des danseuses de cabaret se trémoussaient en petite tenue au rythme de la samba sur le plateau d'un énorme camion. Plus que la musique, le froid les incitait à bouger ainsi. Les danseuses traditionnelles danoises, vêtues de blouses blanches et de longues jupes épaisses, étaient mieux loties. Malgré la météo défavorable, chacun tentait de garder le sourire.

Le char français fermait la marche. Plutôt que de donner une image passéiste de notre pays en convoquant des danseurs traditionnels, nous avions décidé d'organiser un concert de « musiques actuelles ». Cette solution nous permettait par ailleurs d'éviter de froisser telle ou telle région, en favorisant le folklore breton plutôt que celui du Limousin, en préférant les danses provençales aux chants basques. Le ministre avait souhaité choisir lui-même les chanteurs qui devaient intervenir sur le char de la diplomatie française afin d'illustrer l'histoire de la chanson de notre pays, selon le ministre s'entend. Ainsi avait-il demandé aux Forbans et à Jessé Garon' d'ouvrir le bal avec du rock aux accents des années soixante. Venaient ensuite la vague Maritie et Gilbert Carpentier avec Rika Zaraï, Éric Charden, Dave, Enrico Macias et Mireille Mathieu – Daniel Guichard, jugé trop déprimant, avait été écarté de la sélection –, puis les années quatre-vingt avec Desireless, Images, Jean-Pierre Mader, Jackie Quartz, etc. Dans cet ordre chronologique, les artistes se succédaient égrénant les années comme les perles d'un chapelet jusqu'au final, grandiose et intemporel, confié à Johnny Hallyday lui-même, qui devait donner un concert sur une scène installée sous l'Arc de triomphe. Pour la mise en place de celle-ci le président de la République avait demandé au ministre de la Défense d'user de son influence auprès des associations d'anciens combattants afin d'obtenir l'autorisation d'éteindre la flamme qui brûlait à la mémoire du soldat inconnu. Après cette première marche des fiertés diplomatiques, Paris allait devenir capitale de la paix dans le monde et de la fête universelle. La France pourrait alors se poser la question : est-il encore nécessaire de se souvenir ? Faut-il rallumer la flamme du soldat inconnu ? L'Histoire n'aurait sans doute plus le même sens après ce jour.

La torpille dans notre dispositif sans faille fut lancée par la préfecture de police, pourtant partenaire. Elle détourna un cortège d'enseignants en colère qui manifestaient contre la réforme du système éducatif comme à chaque rentrée. Leur circuit, bien sûr, ne devait pas croiser le nôtre. Mais l'arrivée soudaine en gare du Nord de centaines de hooligans anglais dont l'équipe, Manchester United, devait affronter le soir même le Paris Saint-Germain au Parc des Princes incita la préfecture à dévier la manifestation des professeurs. En effet, des supporters parisiens attendaient de pied ferme leurs homologues britanniques devant la gare, et les forces de l'ordre craignaient des affrontements violents. Sans doute vous demandez-vous comment nous avions pu laisser s'ouvrir une telle brèche dans notre organisation. Nous avions bien entendu consulté le calendrier des matches du PSG, mais nous avions pronostiqué une élimination au premier tour de la compétition, comme d'habitude. Aucun match n'aurait dû se dérouler ce week-end-là ; nous jouions vraiment de malchance. Les enseignants furent orientés vers le boulevard Sébastopol, puis ils traversèrent la rue de Rivoli. La marche des fiertés diplomatiques, dont la tête arrivait au pied de la tour Saint-Jacques, se trouva alors face à un flot humain continu qui l'empêchait de poursuivre son trajet initialement prévu vers l'ouest de la capitale. Les rythmes de samba se mélangèrent aux slogans de la Fédération syndicale unitaire et le camion brésilien emboîta le pas des manifestants vers le sud et le boulevard Saint-Michel. De même, les chars suivants s'intercalèrent entre des vagues de syndicalistes dont les voix montaient en accueillant les renforts : « Président, si tu savais, ta réforme, ta réforme, président, si tu savais, ta réforme, où on se la met. » Les musiciens des chars adaptèrent leur jeu aux chants des enseignants, les mariachis accompagnèrent les demandes de postes supplémentaires, les cornemuses écossaises protestèrent contre la fermeture des classes, les tambours maliens s'opposèrent aux sureffectifs dans les classes, jusqu'à Enrico Macias qui chanta *Ouvre-moi la porte, toi qui as la clé de la grande école du monde* sous les hourras et les applaudissements des manifestants ravis. « Enrico, avec nous ! » scandaient-ils en descendant vers le sud de la capitale.

Les spectateurs qui attendaient le long du parcours officiel finirent par s'impatienter et partirent lorsque la pluie se remit à tomber. Quand ceux de la place de l'Étoile commencèrent à les imiter, ordre fut donné par le ministre de tirer le feu d'artifice afin de les retenir. Le toit de l'Arc de triomphe s'embrasa. Mais dès la fin du spectacle pyrotechnique, le public déserta l'endroit.

La marche des fiertés diplomatiques n'atteignit jamais le haut des Champs-Élysées. Le cortège des manifestants et des représentations diplomatiques réunis s'arrêta sur la place Denfert-Rochereau où un grand bal s'improvisa. Le lendemain, les journaux parlaient tous de cette fête populaire impromptue qui avait duré jusqu'à l'aube malgré la pluie, au rythme des musiques exotiques, célébrant la fraternité des peuples dans la revendication d'un enseignement de qualité. Mais en première page, tous offraient la même photo, celle de l'Arc de triomphe, sous lequel, sur scène, l'air interdit, frigorifiés, Johnny Hallyday, le ministre des Affaires étrangères et le président de la République observaient la place de la Concorde au loin, espérant le cortège, en vain.

Chapitre XIV

Le lundi suivant, l'ambiance au bureau était plutôt morose, triste comme une veillée mortuaire. Pour ma part, cette comparaison ne marchait pas vraiment : les seules obsèques auxquelles j'avais assisté, ma famille ayant été quelque peu épargnée par le deuil jusque-là, étaient celles de mon grand-père paternel. Et je dois avouer que j'en garde un assez bon souvenir, le plaisir de porter pour la première fois un complet noir étant plus fort que le chagrin que j'éprouvais à la perte de ce grand-père un peu bourru – sa moustache imposante lui donnait l'air d'un vieux morse acariâtre – qui quelques mois plus tôt avait participé à l'exécution de Bidibi, mon lapin blanc. Ainsi, je me baladai dans la maison de mes grands-parents, souriant, exhibant crânement mon costume. Les visiteurs venus rendre un dernier hommage à mon grand-père et présenter leurs condoléances à la famille me passaient la main dans les cheveux en saluant mon courage. Je ne versai pas une larme ce jour-là, il est vrai. Je pleurai en revanche beaucoup lorsque le lendemain ma mère refusa de me laisser aller à l'école dans mon beau costume noir.

Le ministre avait congédié notre chef au cours du week-end et avait confié l'intérim de direction au doyen du bureau : Ferry. Tout le jour durant, je restai derrière mon écran d'ordinateur à envoyer par courrier électronique des appels au secours à Marc. Cherchant à me réconforter, ce dernier m'envoya en retour quelques courts films à caractère humoristique qu'il avait trouvés sur Internet mais je n'avais pas le cœur à plaisanter. Les autres membres du bureau étaient absorbés dans la lecture de rapports qui semblaient ne plus pouvoir attendre. Profil bas tout au long du couloir. On entendait les mouches voler et les claviers cliqueter. De temps à autre, la sonnerie d'un téléphone venait rompre ce presque silence. Les plus téméraires s'aventuraient jusqu'à la machine à café. Les chuchotements y duraient quelques secondes au plus. À la cantine, je touchai à peine mon plat et ne terminai même pas mon yaourt.

Le mardi, Ferry nous convoqua dans la grande salle de réunion, celle-là même dans laquelle nous avions décidé d'organiser la première, et de toute évidence la dernière, marche des fiertés diplomatiques, et où, non sans une certaine sensation de vertige, j'avais imaginé l'envol de ma carrière. Mais en y pénétrant ce mardi, j'appréhendais plutôt un sévère gadin. Il nous rassura en nous indiquant que les têtes ne tomberaient plus. L'éviction de notre chef de bureau avait suscité quelques lignes dans la presse, signifiant que le responsable de ce raté avait été identifié et sanctionné. Il n'était pas question de se mettre davantage en lumière en provoquant un jeu de chaises musicales qui rendrait le ministère des Affaires étrangères plus ridicule encore. L'ordre était de faire le moins de vagues possible, en attendant que le souvenir de ce fiasco se dissipât. Nous pouvions dormir tranquilles, même ceux qui avaient pris part de façon très active à l'organisation de cet événement tapageur et irréfléchi, ajouta-t-il en portant son regard dans ma direction. Je fis comme si de rien n'était. Je regrettais l'attitude individualiste que j'avais adoptée ces derniers mois. Obsédé par mon envie d'avancer dans la carrière – mais était-ce vraiment la mienne ? –, j'avais fini par me mettre les trois quarts de l'équipe à dos. À présent que nous étions dans la tourmente, il était trop tard pour invoquer l'esprit collectif. J'étais dans l'œil du cyclone et il ne me restait plus qu'à serrer les dents en attendant la fin de la tempête. Ferry nous annonça pour finir que le ministre avait déjà nommé un successeur, qu'il ignorait encore son nom et que cette personne nous rejoindrait dès le lendemain matin.

Le jour suivant, tout le monde était à son poste dès 8 h 30. Chacun avait mis de l'ordre dans son bureau et enfilé son plus beau costume pour accueillir le nouveau chef de bureau. J'espérais simplement que Ferry, qui était chargé de l'accueillir, ne s'étendrait pas sur mon rôle dans l'organisation de la marche des fiertés diplomatiques.

Comme les antilopes devinent l'arrivée du lion dans la savane, nous sentîmes son approche avant même qu'il ne pénétrât dans le couloir qui desservait nos bureaux. Chacun se redressa sur son siège, adopta une posture plus stricte, fit semblant d'avoir l'air absorbé par la lecture d'un dossier, tâchant tant bien que mal de paraître naturel, détendu sans être relâché. Ferry et notre nouveau chef passaient de bureau en bureau. J'entendais les présentations rapides, les discussions courtoises, les souhaits de bienvenue, les remerciements qui se répétaient et se rapprochaient. Je me préparai, tenant dans la main une feuille, la même depuis vingt minutes, que j'avais prévu de poser sur ma table de travail en feignant la surprise dès l'entrée de mon nouveau supérieur. Je devais ensuite me lever et tendre la main en signe d'accueil chaleureux avec une spontanéité mesurée, étudiée. J'avais répété l'enchaînement plusieurs fois depuis le début de la matinée.

Ils s'approchaient. Cinq, quatre, trois, deux, un… mais je restai dans les starting-blocks, comme cloué sur mon fauteuil. Dans l'encadrement de la porte de mon bureau venait d'apparaître, aux côtés de mon collègue Ferry, l'ancien chef de cabinet du secrétaire d'État chargé du commerce extérieur, lequel s'était fait débarquer de son poste quelques mois plus tôt à la suite d'un bourrage papier malencontreux sur un photocopieur capricieux.

Je finis tout de même par me lever et bredouillai quelques mots de bienvenue confus. Ferry me présenta mais l'ancien chef de cabinet lui coupa la parole.

— Je connais très bien ce monsieur, j'ai eu le plaisir de travailler avec lui il y a quelques mois. Je suis simplement surpris de le voir ici.

Puis il s'adressa à moi.

— Je n'ai pas cessé de suivre votre parcours depuis notre dernière rencontre. Et je m'étais laissé dire que vous étiez sur le point de quitter le bureau de la communication.

Tandis qu'il me parlait avec un ressentiment à peine contenu, un énorme postillon partit de sa bouche et vint atterrir sur ma joue gauche. Je ne bronchai pas et tentai de répondre avec dignité malgré tout.

— C'est une possibilité, commençai-je. Mais je n'ai pas encore arrêté ma décision.

— C'est étrange, je viens de croiser monsieur Langlois, le responsable du bureau du personnel. Il m'a affirmé que votre arrêté de nomination vous attendait, que vous n'aviez plus qu'à le signer.

Il m'adressa un sourire froid et vainqueur, puis tourna les talons tandis que Ferry me lançait des regards d'incompréhension. Alors qu'il était sur le point de quitter la pièce, le nouveau chef de bureau s'arrêta afin de donner un dernier coup d'épée à l'homme à terre que j'étais :

— Je ne vous retiens pas. Vous êtes attendu dès cet après-midi sur le lieu de votre nouvelle affectation. Inutile donc de rester plus longtemps parmi nous.

J'étais humilié. J'avais mis un an à sortir de l'ornière et en quelques mots cet homme me chassait comme un malpropre. Je me sentais abattu, résigné quand il m'aurait fallu au contraire réagir ; mais c'est sans doute ce qui cloche chez moi, il me manque la colère.

Langlois me tendit mon nouvel arrêté avec le même sourire de satisfaction qui illuminait sa face lorsqu'il m'avait signifié ma nomination sur le front russe après la réunion d'accueil, un peu plus d'un an auparavant. De toute évidence, la pression de son emprunt immobilier sur son budget ne s'était pas relâchée. Sans doute des problèmes d'hémorroïdes étaient-ils venus augmenter son mal-être depuis. J'appréhendais la lecture de cet arrêté. Où pouvaient-ils bien m'envoyer pour se venger ? Les destinations à risque étaient nombreuses : l'Irak, le Pakistan, la Corée du Nord… Ma vocation pour les voyages, plus que pour la diplomatie, était toujours très forte, et j'aurais dû être satisfait à l'idée d'obtenir un de ces postes, certes les moins recherchés mais parmi les plus lointains. Je craignais cependant de devoir annoncer cette mauvaise nouvelle à ma mère qui maintes fois m'avait signifié sa préférence pour les affectations proches qui impliquaient plus de congés et moins de risques sanitaires. Comment dès lors lui dire que je partais pour une destination où le risque terroriste était très élevé ? Pire encore, comment lui avouer que son fils chéri partait pour un pays en guerre ? Mais c'était sans compter sur l'imagination perverse de mes deux bienfaiteurs. Ils avaient trouvé bien pire encore. L'arrêté précisait ceci :

Affectation : bureau des pays en voie de création/ section Europe de l'Est et Sibérie.
Localisation : immeuble Austerlitz, 6ᵉ étage, bureau 623 – 8, avenue de France – Paris XIIIᵉ.

Retour à la case départ, ce qui signifiait aussi le point de chute, de non-retour, le cul-de-sac. Boutinot m'accueillit comme la première fois. Il parlait toujours d'opérations militaires, du général de Gaulle, de l'état-major. Il n'allait pas mieux. Son état avait même empiré vu qu'il n'avait aucun souvenir de moi. J'étais pour lui un nouveau. J'eus donc droit aux présentations à tous les membres du bureau et chacun se plia à la comédie. Le plus déplaisant fut ma confrontation avec Aline que je n'avais pas revue depuis notre retour d'Arcachon. Aucun trouble n'empourpra son visage cette fois-ci lorsqu'elle me tendit mon « paquetage ». Et au regard qu'elle porta sur moi je compris qu'elle n'éprouvait plus aucun sentiment à mon égard.

Épilogue

J'ai repris mon ancien bureau. J'ai gardé ma chambre de bonne dans le quartier des Invalides où je vis seul avec un écran plat de cent dix-sept centimètres qui occupe le mur face à mon canapé. Certes, c'est un écran trop grand pour un si petit appartement, et je manque de recul pour apprécier pleinement la netteté de l'image.

Les années se sont écoulées, identiques. Cela fait quatre ans que je suis revenu dans la section. On peut même dire, si l'on exclut mon escapade au bureau de la communication, que je n'en suis jamais parti. Partir n'est plus une question qui se pose. Lorsque, par deux fois, vous avez été nommé d'office sur le front russe, rares sont ceux qui vous font confiance. J'ai tenté à deux ou trois reprises de quitter la section, mais chaque fois mes demandes de mutation sont restées bloquées au bureau du personnel. Sans doute aurai-je plus de chance après le départ de Langlois. Si ce dernier se décide à quitter ses fonctions un jour.

Je ne suis plus sollicité pour partir à l'étranger non plus. Nos représentations locales se débrouillent très bien seules. De temps en temps, on me demande d'aller chercher le responsable de la chambre de commerce d'une ville au nom imprononçable. Je l'accompagne durant son séjour, lui réserve ses restaurants, le conduis à ses rendez-vous. Après son départ, je rédige un compte rendu de mission que j'adresse au chef de bureau. J'en tire bien sûr une copie – je maîtrise assez bien le photocopieur à présent, ce qui m'évite de demander de l'aide à Aline avec laquelle je n'entretiens plus que des relations professionnelles, distantes et courtoises –, copie que je remets à Philippe qui s'empresse de la classer dans un dossier de couleur appropriée.

C'est sûr, un jour, je quitterai le ministère, je démissionnerai de ce travail accessoire, négligeable, inutile. Longtemps j'ai souhaité voyager. Comment pouvais-je imaginer que mon entrée dans la diplomatie anéantirait cette ambition ? Je me suis trompé sur le plus sûr moyen d'atteindre mon but. Et je suis resté à quai tel un agent de compagnie aérienne qui toujours enregistre les bagages mais qui jamais ne prend l'avion.

Arlette a pris sa retraite.

Boutinot est en convalescence depuis six mois. Sa venue au bureau dans un uniforme de l'armée française de 1940 déniché dans un surplus militaire commençait à faire désordre. L'administration centrale n'a pas jugé nécessaire de nommer un remplaçant. Aline profite de la situation pour venir travailler avec Youki, lequel me rend parfois visite malgré le peu d'attachement que je lui témoigne.

Marc est la personne dont je suis le plus proche à présent. Certains soirs, il nous arrive de sortir ensemble. Il me demande toujours de lui rapporter des T-shirts d'endroits où je ne vais pas. Il n'en sait rien mais je passe mes vacances chez mes parents ou à la campagne chez ma grand-mère et j'achète les T-shirts qu'il me réclame sur Internet.

Internet a d'ailleurs remplacé les magazines de mon enfance. Bien sûr, il m'arrive parfois de regarder la carte du monde qui se trouve au début de mon agenda comme lorsque je m'ennuie dans des réunions auxquelles je ne suis invité que pour faire nombre. Je retrouve alors un instant les sensations que j'éprouvais en parcourant l'atlas offert par l'oncle Bertrand. C'est une impression fugace, éventée. Un sentiment de déjà-vu. Rien de plus. Je passe en revanche de nombreuses heures chaque jour à parcourir la Toile. Je me suis inscrit à plusieurs réseaux sociaux, Facebook, MySpace, Copains d'avant... Après le travail, je vais dans des soirées organisées par des gens que je ne connais pas, qui m'ont invité à travers l'une de ces communautés virtuelles parmi des centaines d'autres personnes qui ne se sont jamais rencontrées. Je préfère éviter de me retrouver seul dans ma chambre de bonne sous les toits.

Le reste du temps, je regarde les murs blancs de mon bureau, l'esprit vide. Mais la blancheur de mon environnement n'y est pour rien. Les murs de mon bureau pourraient être tapissés de motifs bariolés, je n'y verrais pas davantage de monstres ni de paysages. Je crois que j'ai perdu ma capacité à rêver. J'attends simplement. J'attends qu'un événement survienne dans ma vie. Je regarde parfois au loin vers l'horizon, suis du regard le vol d'un pigeon, espère que celui-ci va venir s'écraser sur ma fenêtre. Cela me distrairait un peu. Mais il ne se passe rien. Je vis et il ne se passe rien. J'aurai vécu et personne n'en saura rien. Parfois je ne peux contenir mes larmes. Le monde se met à flotter, se fige comme dans une brume, scintille de mille éclats et je m'y abandonne volontiers. Enfant, j'avais rêvé d'exploration, d'errance, de sentiers sinueux dans des paysages vallonnés et je me suis imposé, parvenu à l'âge adulte, un chemin étroit et rectiligne. J'ai grandi avec des tuteurs qui se sont révélés des entraves. J'ai voulu tracer mon propre parcours, et je me suis retrouvé à mettre mes pas dans ceux de mon père. On croit se rendre dans des endroits nouveaux mais on réalise que c'est partout pareil. L'histoire d'une vie, c'est toujours l'histoire d'un échec.

Remerciements à David Allonsius, Jérôme Attal, Benoît Descoubes, Marie Dosé, Elsa Gribinski, Frédéric Joseph, Cécile Lalumière, Marc Villemain.

Composition réalisée par FACOMPO (Lisieux)

Achevé d'imprimer en janvier 2012 en France par
CPI BRODARD ET TAUPIN
La Flèche (Sarthe)
N° d'impression : 66103
Dépôt légal 1ʳᵉ publication : février 2012
Librairie Générale Française
31, rue de Fleurus – 75278 Paris Cedex 06